我青春漫遊的時代

私の遍歷時代

三島由紀夫
Mishima Yukio

目次

我的思春期

談到自己的思春期，實在頗有時代差異的感覺。我生於大正十四年（一九二五），因此昭和十年（一九三五）左右，可說是我情竇初開的時期。當時，爆發了二二六事件[1]，軍國主義的風潮日漸熾烈，整個社會籠罩在戰爭爆發前的緊張氣氛之中。在這種情勢下，所有的享樂被視爲惡習，性的問題亦然，被視爲陰暗墮落，會嚴重阻礙國家的整體發展，因此只能被無情的打壓。不過，從這個意義來看，當時二三十歲左右的成年人，早已過著極度頹廢的享樂生活。因爲他們已感受到時代的狂風暴雨將至，戰事一旦爆發，他們可能隨

1 二二六事件指一九三六年二月二十六日，受皇道派影響的陸軍青年將校，以實現天皇親政的主張，所發起的一場失敗的政變。

時會失去生命，所以每天能做的就是暗自盡情地尋歡享樂，以消除內心恐懼與焦灼。與過去不同，現在雖得知自己明天尚能活著，卻因暗不見底的空虛生活，備感焦急煎熬，轉而及時享樂。我那時還是個少年，看不清楚世事的底蘊，只能把諸多的刺激壓抑下來。當然，我不是太陽族[2]，也不是男女同校，只能繼續過著男學生們單調乏味的生活。況且，我又長得不夠俊美，沒有異性緣，除非我主動展開追求，可我又偏偏缺少這份勇氣，因此我的思春期平淡無奇得可憐。

我就讀的「學習院」[3]是個極爲遵循古老傳統道德的學校，直到大正時期以來，校內才稍稍出現並包容上流社會慣有的品德墮落。我們學校與一般學校不同，學生沒辦法從同學之間得到太多性方面的知識。學生們多半是紈褲子弟，在這方面，他們要不裝模作樣就是避而不談。記得我就讀中學初等科的時候，一天，與同學們走出校門，碰巧撞見一隻公狗和母狗做出詭異的動作來。我看這兩隻狗搭騎的姿態實在太奇特，便向同學問道：「牠們在幹嘛呀？」同學若無其事地回答：「牠們在交尾呢！」我直問：「什麼是交尾啊？」同學說：「你連交尾都不懂，眞是傻呆！」我從小就是由祖母帶大的，一回到家裡，先向祖母問好，專門照顧祖母的護士也在，我倏然在她們面前劈問：「什麼是交尾啊？」只見她們兩臉色鐵青，狠狠地罵了我一頓：「不許你問這種問題！」於是，我的這個困惑仍沒有得到解答。

我依稀記得，轟動社會的阿部定謀殺案[4]，剛好就是那時候發生的。或許大家都知道阿部定是何許人也，雖說這是起充滿性凌虐的凶殺案，卻給在戰爭陰影下，被壓得喘不過氣來的百姓，增添了新鮮的話題。當然，阿部定弒夫的新聞披露出來，家裡的大人們只能偷偷翻閱，甚至把報紙藏起來。看來，每個家庭都這樣處理，學生們到了學校，從來不提及阿部定的事件。我向同學探

2 指放蕩不羈的戰後派日本青年，不受既存秩序或道德的束縛。該名稱出自石原愼太郎的《太陽的季節》，此小說獲得一九五六年芥川獎。
3 位於東京都豐島區內的一所私立大學，學生多出身於皇宮貴族世家。
4 阿部定事件發生於一九三六年，東京一名茶室女侍阿部定將老板絞殺閹割，審判結果，阿部定因痴情所致犯下殺機，判刑六年。

問：「有人知道阿部定事件的來龍去脈嗎？」這時，同學神色正經地說：「不知道，不清楚啦。」就這樣，阿部定的事件，沒有給我留下任何痕跡淡遠而去。

以下這個事例，或許正反映那時候小學生的幼稚無知。話說，有個學生的家長因爲腦溢血倒下，這小孩向學校請了假。於是，我們幾個同學做了決議：下次那個同學出現的話，最好離他遠些來得保險。理由很簡單，因爲我們害怕被腦溢血傳染。現代的學童，大概都知道這病是不具傳染性的，但那時我們眞的害怕極了。不用說，我們對性方面的知識也少得可憐，有人在校內提到性行爲的事情，同學們便目瞪口呆，直說那種事情不可能發生云云。其中有同學說：「我比誰都清楚，我爸爸和我媽媽絕不可能做那檔事情。」他說「我比誰都清楚」的口氣堅決無比，幾乎沒有同學加以反駁。

我看起來像是個早熟的孩子，但僅止於精神方面，我經常偷聽大人們的談話。一天，有個年輕的叔叔來到我家，說起他在風月場所和咖啡館如何受女性歡迎等等。對此，我便故意問他：「叔叔，就算你那麼吃香（此處兼具受歡迎與拿得動的雙關語意），可她們抬得動你嗎？」那叔叔看我不懂「吃香」的意思，開始冷然地嘲笑我。其實，我早就知道這句話是什麼含義，卻明知故問和裝傻，因爲藉此捉弄大人實在有趣。小時候，我就曾寫過一篇改編自《茶花女》的小說，經常裝出老氣橫秋的姿態來。

那時候，我對性方面懵懵懂懂，但我對來學校參加母姊會——現在的家長會同學們的母親的形貌，卻有著強烈的愛憎。比如，有個子爵夫人，總是掛著憂傷的神情，而且眉頭深鎖，讓我覺得厭惡。另一個同學的母親就不是這樣，她留著當時最流行的髮型[5]，我覺得她最漂亮，讓我愛慕不已。可能是我很珍愛自己的母親的緣故，因此每次看到母親笑著對同學說，來我家玩玩呀，總會怒火中燒。年輕人和母親相談甚歡的情景尤其令我痛恨。或許，這就是我人生中最早體會到何謂嫉妒。只要那個同學一來我家，我便把他的帽子藏起來，從二樓窗戶扔了出去。這看似平常的捉弄，其實卻充滿自身濃烈的敵意與反制行爲。

5 大正末期流行的蓋上兩耳的一種婦女髮型。

我剛進入中等科就讀時，性方面的話題已在校園內逐漸流行了起來。有些同學甚至偷偷從自家抽屜裡拿出色情雜誌供我們傳閱，那些雜誌在至今街坊的書店已難看到，那是昭和初期最荒唐頹廢老舊的色情雜誌，諸如《犯罪科學》之類的。

那時候，恰巧電影《一百個男人與一個女孩》中，迪安娜·杜萍這名青春玉女頗受歡迎，有同學便把印有其美麗劇照的電影雜誌帶來校內，四、五個同學圍擠過來朝她微露的胯股猛瞧著。一名圍觀的同學繪聲繪影地說，他好像看到她包著衛生棉呢。事實上，那種東西肉眼根本無法窺見，多半是印差偏位造成的，但幾個窺探劇照的同學卻信誓旦旦地把那細黑的線條說成是衛生棉，再經由其他同學驚呼連連地以訛傳訛，變得好像身歷其境看見那「寶物」了。

約莫是那時候，我家雇了一名擅長英語的女管家。在女僕日漸欠缺的時代，這名四十歲左右的婦女，工作十分勤奮，算得上是我家的得力幫手。某個深夜，我因爲突然想到什麼事情，來到她就寢的房間，很天眞地驀然打開拉門。原本呼呼大睡的她，被這聲音給吵醒，旋即翻身站立起來，連呼「不可以這樣！不可以這樣！」「這成何體統呢？太恐怖了！」而把我推出房間外，往後的兩三天，她惡狠狠地瞪視著我。坦白說，那時我也嚇了一跳，過了些時日，我才弄懂她爲何暴怒。從那事件我可以客觀地看待其反應，她未免太自戀了！其實，我只是單純地打開她房間的拉門，拉門打開之後，她有何誤解我不得而知，但後來我終於慢慢了解到，她對我這輕率的少年，表現出夾雜恐懼與憤怒的原因。對她來說，這是一種飄渺難覓的情感，至今她仍未抓住它。總而言之，這名四十幾歲反應過度的大嬸，對我的能耐太抬舉了。

在少年時期，我經常把異性戀和同性戀混同起來。從同學們窺看迪安娜·杜萍豔照的情形，使我想起一件事情。一次，我到學校的保健室就診，看到醫生正給一名面貌俊美的學長的腿部擦上碘酒。這名學長好像因其他比賽而受傷，他坐在保健室裡的椅子上，把短褲往上拉得老高，胯股幾乎全裸裎了出來，醫生爲他抹上碘酒。他那黃褐色的大腿，散發著少年特有的光澤，看起來很性感迷人。

類似這種奇妙的感覺，絕不僅於此。據我印象所及，之後還發生過好幾起令我臉紅心跳的事件。

記得我剛剛念中學之時，父親奉命被調到大阪去，親戚們相邀到東京車站爲他送行。我們身爲家屬，必須向專程來送別的親戚們致意。坦白說，父親的離去使我有突獲解放的喜悅，我和母親以及親戚們返回我們的家裡。大家在擁擠的車站送行，自然要疲累得多，在客廳稍爲聊談之後，大人們紛紛回去，最後只剩下我和表姊而已。當時，這名表姊約莫十七八歲，是我很喜歡的親戚之一，又是標緻的美女。她穿上和服身形顯得微胖，給人豐滿的感覺，雖然她總是掛著無聊的表情，我卻覺得這樣更增添迷人的性感。打從孩提時期，她就對我很是寵溺，每當我們單獨相處或者對視而坐的時候，她還曾突然說「啊，我好累喔」，之後把整個臉伏在我的膝蓋上。那時候，我不由得雙手顫抖，不知如何是好。相反地，她大概也沒想太多。但對我來說，她的臉龐伏在我膝上，讓我感受到脈脈的溫暖，儘管時間很短暫，不超過一分鐘，我心中卻湧起一種無可言喻的喜悅、恐懼與悸動。因爲她已不再把我當成小孩，而承認我是個大人。後來，或許是因爲她察覺到我的膝頭發顫，她才抬起頭來的。

我與異性短暫的肢體接觸，也許正是從那次開始的。因爲每次在往返學校的公車上與少女比鄰而坐，我的心情特別快活。於是，我發揮了模仿的本領，把在公車上巧遇少女的機遇，視爲當時的中學生愛苗初萌期典型又普遍的浪漫經歷。當然，除此之外不可能有太多進展，每個中學生多少都會把經常在公車上遇到少女當成美麗的憧憬。就這樣，我效法了周遭的同學，不斷地想像自己在公車上巧遇心儀的少女，或許哪天還眞的夢想成眞呢。或許只是偶然，某次有個少女坐在我鄰座，當我們兩的膝蓋不經意地碰觸時，那種溫柔的微暖，讓我有說不出的悸動與甜蜜。不消說，我們沒有聊天，也沒有相互致意，直到各自下車爲止。

話說不久之前，埃及和匈牙利爆發了動亂，這使經歷過戰爭的我們，多少擔心該不會要掀起第三次世界大戰。爲何我們對戰爭分外留戀呢？「留戀」的說法，的確有點奇怪，那是因爲我們的思春期剛好與戰爭時期重疊。戰爭本身並不能勾起我們的鄉愁，可是戰爭愈加逼近，便有那樣的感覺；在現在的人看來，這樣的思春期根本不足爲道，但我們的感受不同，因爲我們總覺得那千金難換的思春期即將重新降臨。

雷蒙·拉迪蓋[6]的小說《肉體的惡魔》中，曾描寫過一隻貓如何偷取玻璃箱裡的乳酪的故事。那隻貓分明看見箱裡的乳酪，美味的乳酪在向他召喚，但是玻璃箱卻阻隔在前，怎麼也抓搆不著。若要拿到乳酪，只能打破玻璃箱，叼走乳酪逃走。拉迪蓋以「玻璃箱」象徵著少年成長的環境以及社會性的規訓，將打破玻璃箱比喻成戰爭。但對我們而言，戰爭可沒這麼容易就打破玻璃箱，玻璃箱反而愈來愈厚。這就是法國與日本的差別。

現代的人大概很難想像，當時政府還強行逮捕學生呢。比如，他們於學校上課時間：早上八點至下午三點左右，闖進咖啡館搜查，一看到有學生喝咖啡，就要盤問他。不止如此，有時還會被拉出去嚴厲訓斥呢。學習院的便門前面，有一家名爲「桃園」的咖啡館，我們都叫它「momo」，敢在那裡出入的同學，表示他很有膽識。當然，也有學生於上課時間在那裡被逮，加上出入的危險性，往往被視爲不良場所。

眞是豈有此理！現今，「桃園」已成了坐落在郊外常見那種格局狹促的小咖啡館，只有一名中年婦女爲顧客端送茶水。不知什麼原因，店內牆上原本貼有壁紙，現在卻貼著滿滿的舊報紙，似乎以此來展現這家咖啡館的特色。我們坐在那裡，開始偷偷地吸菸。那香菸完全沒有香味可言。我只好仿傚一名早熟有國字臉的同學，把香菸塞在嘴巴，膽怯地吸吐著，然後將團團的青煙輕吐出去，故作陶醉地說：「哇，這香菸眞棒啊！」

另外，我們往返學校若沒紮上綁腿不得走進校門。有些愛漂亮的同學，到學校這段路上都不紮綁腿，走至校門前才急忙地繫上它。

戰爭伊始，我們當然不敢公開反對戰爭。當時，我們學校有個外籍的中年男英語教師，每當他來教室授課，有些學生會故意在黑板上掛上德國納粹黨國

6 拉迪蓋（Raymond Radiguet, 1903-1923），法國早熟的神童作家，十四歲開始寫詩，其後並發表劇本、短篇小說及詩作，二十歲因病英年早逝。

旗，藉此來捉弄他。不過，就當時我們所受的紳士教育來看，這樣的作爲實在有待商榷，同學看到禿頭的英語教師扭曲著臉孔，不由得哄堂大笑起來。

在戰爭時期，強硬派的學生畢竟比溫和派的占上風。由於我們就讀的學習院受九州的影響較多，強硬派主張宣揚其傳統文化，因此愈來愈強勢。當然，其中亦有些溫和派，但是害怕觸怒強硬派，只敢暗自搗蛋作惡。

不管是強硬派或溫和派，這時期他們的臉上開始冒出青春痘。依照規定，中等科一、二年級的學生要住在宿舍裡。我看到他們的桌上，幾乎都擺著專治青春痘的化妝水。在學校，軍訓時間增加，以此來鍛煉體魄，我們時常被派去下田幹農活。

到野外演習可說是我們最早獲得性知識的機會。所謂的野外演習，即是扛著明治三八式步槍，背負沉重的裝備，越過箱根的群山，越過乙女嶺，行軍至富士山下，然後在附近的駒門營舍，待個二三日或一星期的特訓。在那裡，我們被編入拂曉戰役的守軍部隊，等待敵軍的到來。我們看到黎明前箱根山巒上的閃亮星點時的感動，以及往富士山山麓下發動突擊的壯烈激情，現在的少年大概很難體會到這種喜悅，但我們卻充分享受在其中，也在軍事演習的團體生活中，得知性知識的種種。

在性方面，我們當然沒有經驗可談，只能相互炫耀和較量自己有限的性知識。在那裡，擅長講黃色笑話的人很受尊敬。我講了好幾個道聽塗說來的淫猥豔話，博得了喝采。在學校裡，沒有人敢在牆上亂塗鴉，來到簡易營舍裡，卻看到廁所裡被寫上極其淫穢的字語。熄燈就寢之後，我們仍繼續講著各種色情笑談，有時興奮得睡不著。另外，我們還玩起「解剖」的戲碼來，十幾個同學狂追性格溫馴的同學，抓到後旋即脫下其褲子和內褲，以此捉弄作樂。

那時候，我只知道二、三個淫穢笑談。其中，有個故事如下——

有個國家的王子欲娶媳婦，會晤了三個公主。王子向第一個公主問道：

「妳上面的嘴巴和下面的嘴巴哪個年輕？」

「當然是上面的年輕啊！因為上面的嘴巴還有牙齒，下面的嘴巴已經缺牙啦。」

於是，王子又問第二個公主：

「妳上面的嘴巴和下面的嘴巴哪個年輕？」

「上面的來得年輕。因為上面的嘴巴沒有鬍鬚，下面的嘴巴卻已黑鬚亂長呢。」

王子向第三個公主問道：

「妳上面的嘴巴和下面的嘴巴哪個年輕？」

「當然是下面的年輕啊！因為下面的嘴巴還是嬰兒，直想吮喝牛奶呢。」

最後，王子娶了第三個公主。

我講的這個黃色笑話，實在趣味橫生，大家聽得目瞪口呆，大笑了起來。

遇到下雨天，沒有演習，待在營舍裡，我不由得打起盹來。一次，我睜開眼來，留級一年的Y同學走來，他直盯著睡眼惺忪的我，用指頭壓著我的眼皮說：

「你再睡一下吧。你的睡相還蠻漂亮的呢。」

我不知道自己為何還記得這些事情，因為印象中很少人稱讚我是俊美的少年，現在居然有人如此讚美，使我對此難得的經驗久久無法忘懷。同學這樣誇我，我分外高興、羞澀，又感到幸福。然而，僅此這樣而已。

我記得那時有天早晨，軍訓教官集合大家，向我們狠狠訓斥道：

「昨天深夜，我到各寢室查巡發現，竟然有人同床而睡！這本校生的行爲已嚴重敗壞紀律，我顧其名譽不念出他的姓名，只當面嚴斥幾句，並告誡今後不可再犯……」

事實上，這完全是教官的胡亂猜疑，那只不過是幾個同學在入夜之後，因聊扯得太興奮睡不著，同床繼續編扯黃色笑話而已。可看在教官眼裡，他卻視爲違反倫常的行爲。

至今想來，我仍覺得當時的中學生是很害羞的。別看同學們大談淫猥笑話，潛意識裡卻與羞恥在拔河。我們無聊到想像著自己蜜月旅行的情景，想像著聽來的新婚之夜的趣事。有個性情開朗的同學說：「我的內褲被那話兒撐得鼓鼓的，怪難爲情的呀！」說畢，整個臉漲紅了起來。於是，大家跟著想像那情景，竟然也面紅耳赤呢！

至於那些溫和派的學生們，他們曾在輕井澤等地過著近乎十七歲般的青春生活。我跟他們沒什麼交往，卻聽過他們提著收音機到月夜的山丘上，盡情嬉戲打鬧的事情。他們之所以這樣縱情玩鬧，是因為害怕隨時被抓去當兵的心理使然。

當時，那些溫和派的學生，在鎌倉的海濱飯店、箱根的旅館等地，極盡狂歡之能事。那僅限於少數的富家子弟，我聽說還發生過如石原愼太郎的小說《處刑的房間》[7]中的情節呢。後來，我的同學們因為交不到異性的對象，甚至開始愛上公車的女服務員。我們在公車上記住每個女服務員的姓名。有些同學還調查起，比如公車是幾點幾分發車的，每個早上由哪個女服務員執勤，芳齡幾歲等等。我的幾個同學，甚至跟公車女服務員和護士胡亂地談起戀愛。有次某位同學因盲腸炎住院，悄悄愛上了親切照料他的護士，心裡直想送禮物給她，最後居然從自家拿出傳家的正宗名刀，贈給了這名護士。她收到了那份厚禮肯定是不知所措，而他家裡也可能因失去祖傳名刀而鬧騰起來吧。

就這樣，我看著同學們各自面對滿是挫折、單調乏味的戀愛，我則過著創作小說和寫詩的生活。那時候，有個學長是個貴族子弟，他年長我七歲左右，他把與某有夫之婦偷情的事情，鉅細靡遺地告訴了我。他是我文學上的摯友，我們經常就詩歌和小說交換意見，或許他找不到傾訴的對象，才向我這個少年披露其戀愛的詳細過程。而不經世事的我，竟也提出忠告似的回覆，與他書信往返。現在，這情形就像正值三十一歲的我，對大家提出戀愛觀點一樣。

他爲了這件事情頗爲煩憂，而且出身於恪遵優雅教養的家庭，只要事情沒有做得太過火，多半會得到寬容。然而，正如他在小說中寫過的那樣，其叔父曾忠告過他：「你呀，已經逾越太多啦，全無優雅的風範了；相反地說，你的情史若沒有超出這界限的話，還可以媲美《源氏物語》以來最華麗典雅的戀情，但現在你卻敗壞了綱常，這可萬萬不行啊！」看到大人們的情愛，我絲毫不想跟進仿傚，因爲我不想看到自己也重複這樣的鬧劇。

我是個自省很深的人，對別人的談情說愛，仍然持嚴厲批判的態度。因爲在我看來，那是荒謬可笑的，拿我那位學長的說法，原本是一場優雅的情史，

7 石原愼太郎的短篇小說《處刑的房間》於一九五六年出版，內容談論資產階級出身的青年的性與暴力。

最後卻落得荒腔走板的收場。其實，我也嘗過類似這種感覺的折騰，但要我全力投入熱戀之中，說什麼也辦不到。我猶如長不大的小孩，只想若即若離地看待大人們進退維谷的姿態。

經過幾番折騰，我終於得以熟稔地進出某個朋友的家裡了。那位朋友喜歡彈吉他，愛好爵士樂，算得是戰爭時期裡的異端。事實上，他的家庭自由風氣很盛，父親已經不在人世，家裡的年輕成員們仍活潑開朗。我出生於樸實平凡的家庭，對像他們那樣浮華特殊的家庭，格外地驚訝。他有三個姊姊，其中以二姊最漂亮，儘管在戰爭時期，她仍濃妝豔抹，穿著時髦的西裝。我們幾個同學像眾星拱月般圍繞在她身旁。有個學長和她格外的熟稔，引起了我的注目。我偶爾到她家的時候，若看見她沒跟我的同學們聊談，就覺得事情不妙了。因爲這表示那個學長已捷足先登了。

她幾乎是心血來潮，才現身在我們的面前。我覺得她是帶著些許好奇和同情，看待我們這些寫詩和寫小說的少年。

毋庸置疑，在她眼中，我們只不過是毛頭小子，與我們過著截然不同的生活。不過，她那妖豔的臉蛋和窈窕的身姿，以及在戰爭時期罕見的華麗化妝和打扮，終究深深地吸引著我的目光。她似乎還蠻喜歡閱讀小說的，我於是寄了一本書給她。然而，她完全沒有回信，過了一個月之後，她來到我們的跟前，只撇下一句「謝謝你的贈書啊」。

那時候，佛像般的美使我爲之著迷。很可能是崔承喜[8]的最後發表會在帝國劇場展出之時，我買了她的肖像寫眞的緣故。那是一幅她半裸以佛像裝飾般翩翩舞姿的照片。我總覺得那照片性感十足，使我久久凝視著她那僅以少許珠寶和薄布披飾的半裸身姿。我把這幅照片藏在抽屜深處。當時，還沒有公開的脫衣舞表演，崔承喜這半裸的舞蹈，至少算得上是戰爭時期被允許的最後的半脫衣舞秀吧。不過，她的身姿和舞蹈，比現今全裸的脫衣舞表演來得性感四

8 崔承喜（1911-1969），韓國現代舞先驅。她將民族舞蹈和現代舞結合起來，創作許多著名舞碼。

射。或許她是以佛像裝扮曼姿舞蹈的，所以政府當局才沒有嚴格取締吧。在我看來，如此曼妙的女性身體，對我這個小說家的稟賦富有啓發，其裝飾性的打扮總會勾起我的某些幻想。確切地說，她不能只有活生生的肉體，在她的身體上還必須披飾著珠寶和閃亮的布段或什麼的才行。

在歌劇《費加洛的婚禮》中，有個叫凱魯比諾的侍童，他爲自家的女主人——伯爵夫人深深著迷，我想很大程度是因爲他喜歡女主人華麗的裝扮和化妝吧。最近，吉田健一寫了文章，回憶自己的母親，他在文中提及，母親身穿鮮紅色的禮服出席晚會時的身姿，簡直美到了極點！尚．考克多[9]也寫過類似的文章，他說男性對少女的憧憬，未必只是對其肉體露骨的渴望，很多情況是對其難以名狀的裝飾之美萌生而起的。

我稍微偏離主題一下。有個小說家叫利奧波德．馮．薩克-馬索克[10]，他可說是病態色情狂的始姐。他在小說《穿毛皮的維納斯》中描述，裸身女人穿貂衣的姿體散發著奇妙的魅力，那女人若不這樣裝扮就無法吸引男人的目光。由此可見，他從小時候起就已顯露出其獨特的性幻想了。

之前，我曾提到自己暗戀朋友的姊姊，爲此而苦惱不已。我對此的認知極限只到接吻，但要如何進行卻毫無頭緒。而且，對方把我當成小孩，彼此的互動完全沒有進展。比如，我們之間的對話是如此笨拙可笑。

「你喜歡音樂嗎？」

「嗯，這個嘛……」

「你平常也聽古典音樂和爵士樂吧？」

「我聽古典音樂。」

「我眞糟糕，只聽爵士樂而已。」

「沒關係。我並不是在責怪妳……」

「（她已在思考其他事情）你好厲害啊！你跟我們家阿啓同年紀，竟然已

9 尙・考克多（Jean Cocteau, 1889-1963），二十世紀藝術史上的奇才，不但身兼小說家、評論家、劇作家，同時也是前衛的電影導演和優秀的畫家、設計家。

10 利奧波德・馮・薩克-馬索克（Leopold Ritter von Sacher-Masoch, 1836-1895），爲當時有名的奧地利作家。《穿毛皮的維納斯》描寫爲愛受虐的故事，受虐癖一詞即來源於馬索克的名字。

在寫小說了。阿啓還像個小孩子呢！」

「不，他比我成熟呢。」

「是嘛。（她又另有所思了）不過，你這樣說也有道理啦。」

「……」

「你看起來蠻文靜的。」

「不，我一點也不溫馴，妳看不出來嗎？」

「是嗎？（她漠然以對）」

這時候，走廊彼端有時會傳來或女或男呼喊她的聲音。她便急忙站起身來，撇下一句：「我先失陪一下。」就消失蹤影了。

不過，她的「先失陪一下」，往往是漫長無垠，等了一個小時仍不見她回來。我知道這情形之後，決定不等下去，準備回家。

但在此際，不知她從哪個房間跑了出來，硬要挽留我：

「哎呀，這麼早就要回去啦，再多留會兒嘛。你慢慢坐沒關係啊，不可以這樣走掉。」

我的朋友也跟著附和，這次是要我跟他們打玩撲克牌。他們家的家訓眞是奇妙，客人來訪遭到冷落，訪客欲打道回府卻萬般挽留。

有時候，那個朋友家裡會舉行同學會。他們家的日式房間，有擺立泥金畫的屏風，還有暖氣設備，宛如餐館般氣派，而且擺出來的器皿都有金色紋飾和英文字首的縮寫。我記得那時她難得地穿著和服現身。當下，我還把她錯看成崔承喜那佛裝打扮的化身呢。說起來，她的長相與佛像倒有幾分相似：南方人特有的豐腴臉頰，眉毛細長微彎，慈眼細目，確實有佛像的神韻。可正是這些特質，更增添著她的嫵媚，原先的幾分神聖氣質，更強化了其性感和妖冶。

我第一次在朋友們的面前看見她時，表現得極其狼狽和不知所措。於是，有個看似老成且體型笨重的同學，在我從她手上接過盤子，不小心弄出刀叉的聲音之際，向我投來一瞥，好像看出了什麼端倪似的。這個同學不怎麼聰明，但在這方面卻很敏銳。我對朋友姊姊的戀慕之情，沒有告訴任何人，可那個同學只是向我瞟了一眼，我竟然就感到羞赧不已。或許那個同學在這方面比我更有經驗，也幹過幾件爲惡不卒的勾當，但我無法忍受他對我的輕蔑。

在思春期談戀愛，如同吸菸和喝酒一樣，不希望被同齡的朋友比下去，不希望被同伴們瞧不起，無論如何就是想加入同樣的行列，包含長大成人的憧憬和純粹肉體的欲望。換句話說，我們在成長階段時，許多行爲都是盲目的衝動，沒辦法細分思量，無論是出自純粹的肉體欲求、不想讓同輩專美於前的競爭意識、突然渴望閱讀哲學或艱深之書等對知識的追求，全都混雜其中無法釐清出來。總括來說，這可說是青少年對人生底蘊的渴望，亦是思春期的精神特徵。

十年後，我還見過那位同學的姊姊。那時候，她第一段婚姻失敗，返回娘家居住，以前長得美麗如詩的她，早年的風采都不復見了。僅止那一次。後來，根據在她二度梅之後見過她的人說，第二任丈夫對她極爲輕蔑，只見她更爲憔悴，穿著打扮寒酸，提著購物袋走在車站附近的路上。我少年時代懷的夢想，就這樣土崩瓦解了。

我暗戀朋友姊姊以單相思告終，自然沒留下任何成果來，但那時我經常在想「性交」是怎麼回事。就這樣，我像被這幻想附身似的，曾經一個人在自己的房間，把棉被捲成某種形狀，模仿男女性交的姿勢，抱著棉被抽送腰身。不過，棉被太過鬆軟，做起來很不順暢。事實上，我亦幻想把那床棉被當成她的胴體，但棉被終究做不出與人體磨蹭時的舒服感。所以，對當時的我來說，要了解男女肉體交歡是怎麼回事，還需要漫長的時間呢。

最近的青少年還是不懂得我和朋友對話的含意，他們頂多只能說些似懂非懂所謂高格調的話。我有個參加橄欖球社團的同學，他就毫不避諱地說，無論練球練得多麼艱辛勞累，每天晚上睡覺之前，他都要手淫一下，否則渾身不快活。我猜想許多同學都有手淫的習慣，但是從未把它公開出來。戰爭末期，我曾跟兩三個朋友，前往了志賀高原旅行，住在當時剛落成的「志賀高原旅館」。其中，有個同學是個巴哈迷，開口閉嘴全是巴哈的音樂；另一個同學則像個小孩子，我們完全無話可聊。後來，那個巴哈迷同學，經由一般相親結婚了，小孩性格的同學，依照母親相信算命師指示的日期訂了婚。

那次，到志賀高原旅行，最值得記述的是，我們三個人第一次喝了啤酒，而且不知爲量節制，竟然喝得爛醉如泥，哇哇地嘔吐了滿地，初嘗醉酒的痛苦。胃部每有吐意湧升，便衝到洗臉台前，好不容易才嘔吐了出來。儘管如此，我仍認爲嘔吐後的快感和佯裝若無其事，是我邁向成人的必經階段。

文前提及的那位俊美少年的同學，尚有許多軼事可談。當時，學習院有個教法語的老師，他對法國料理知之甚詳。

我這位同學在這方面很吃得開，戰爭期間糧食匱乏之時，他還招待我們到京橋的中央亭（現今的OSS）用餐。我們不懂得法式料理的用餐禮儀，那位法語老師仔細地向我們傳授。用餐結束以後，之前與我並不熟稔的同學，冷不防地走到我的身旁問道：

「我是不是變態啊？」

「爲什麼這樣說？」

「你知道K君吧？」

「你是說小我們一屆的嗎？」

「是啊。我實在太喜歡他了。可是男人愛上男人不是很奇怪嗎？所以，我很擔心自己是個變態狂。」

或許是他知道我平常就博覽群書，才找我諮詢這麼私密的事情。於是，我故作高明地答覆：

「愛上了自己的學弟，絕不是變態呢，所以你別擔心啦。」

其實，我的做法很僞善，因爲當時我也很喜歡那位皮膚白皙長相俊秀的學弟，而我卻向這個同學隱瞞。

話說回來，那時我周遭瀰漫著若有似無的戀愛氛圍，但最終仍是投身文學的熱情不斷地將我往前推進。

我有三個比我年長的文學同好。一個是出身名門世居豪宅的子弟；一個是公家華族[11]家之子；一個是報社董事長的兒子。我偶爾會去豪宅串門子，豪宅的大門右側，有一長排寬廣的屋子；正門前十分寬敞，我按了玄關的門鈴，沒

11 明治維新後，封有爵位的原公卿稱爲「公家華族」，第二次世界大戰後已取消。

多久，一個穿著棉襖外褂的奇怪老翁來到了傳達室。我心想，這八成是老翁虛榮心作祟，他經常把我帶到不同的房間去。有時將我領到天花板格外寬敞，底下吊掛著璀璨無比的水晶燈，整然的書牆上掛著明治以來的日本與歐洲名畫的房間。那個文學之友是個成熟穩重的男人，從來不談起女人的話題。他非常喜愛志賀直哉[12]的小說，只願意聊談小林古徑[13]等等，若談到兒女私情便眉頭緊蹙起來。在他看來，我們只能生活在文學世界裡。

就在那時候，一件荒謬至極的怪事，突然向我撲了過來。那是戰爭末期的夜晚，我父母有事外出，我待在家裡。這時候，有個應該稱爲遠房親戚的表姊驀然來訪。即使在戰爭時期，她依然濃妝艷抹，頭上插著一朵大玫瑰花。至於她爲何如此裝扮，我並不清楚。不過，她這樣的姿容與瘋女人無異，沒有半點女人韻味，宛如那朵突兀的玫瑰花。她知道我父母不在，便逕自登門而入，沒緣由地向我和弟弟扯了很多廢話。那次的情形至今已有些模糊，我覺得那天我父母似乎是在外面留宿。當然，她並非趁此空檔而來的，但她很快就開始聊起色情的話題。我弟弟年紀還小，什麼都不懂，無聊得直打哈欠，於是我叫他先上床睡覺。她的身材有些矮胖，臉龐蠻有肉感的，對我超乎異常地擠眉弄眼。每次談到害羞的事情，她就偷偷地瞄我，她極盡搔首弄姿的模樣，使我反感作嘔。然而，持平而論，她倒不完全是個醜女。過後幾年，我才知道瘦女人好男色的理論，不過她那呆胖的樣子，怎麼看就是個花痴女人。

後來，由於夜色已深，她突然要求在我家過夜。我吩咐女傭在我們的房間裡隨便鋪個床位。女傭也弄不清楚狀況，爲什麼她要跟我們同睡一室。沒多久，她露出不屑的神情，朝我瞥了一眼，猛然問道：「你有過接吻的經驗嗎？」我回答：「沒有。」她更輕蔑地冷笑，然後把她那肥厚無恥的嘴唇朝我壓覆過來。

夜色愈來愈深。接著，她要求接吻，這次她逕自嘟起自己的嘴巴，要我主

12 志賀直哉（1883-1971），日本近代作家。
13 小林古徑（1883-1957），大正至昭和時期的日本畫家。

動吻她。我就是在這種情況下初次與女人接吻的。確切地說，這是我有生以來第一次體會到合唇的經驗。她的嘴唇很肥厚，還指導我似地用唾液濕潤自己的雙唇，但濕漉黏附的感覺令我很不舒服。直到那時候，我方知原來接吻要先濕潤嘴唇啊！因爲我每次嘟起乾巴巴的嘴唇欲接吻時，有話直說的她這樣說道：

「這樣乾巴巴的不行啦！你得把它弄得濕黏黏的才行呀！」

面對這種情況，我談不上什麼刺激興奮，只覺得像染上風邪，發了近四十度的高燒，渾身如被夢魘般侵擾不休。奇妙的是，她上身穿著睡衣，底下卻嚴緊包著，而且絕不允許我碰觸她的身體。

「我們只接吻而已，只接吻而已喔。」

在這時候，我弟弟似乎睡不著覺，輾轉反側。至於，我弟弟對當時的情景有何感想，自那以後我從來沒問過他。

後來，她甚至引導我壓在她的身上。然而，就這樣什麼也沒做，她大概是出於這個姿勢比較容易接吻的考量吧。於是，我們的姿勢忽上忽下的，接吻了好幾次。然後，她時間掌控得宜似地，適時地喊著：

「我們只接吻而已，親親嘴巴而已喔。」

在微暗之中，看得出她的表情多麼愉快滿足。有時候她還露出詭異的冷笑，但她何以如此高興不已，我實在弄不清楚。這時候看到她在冷笑，總令我極爲反感。

過了一會兒，我對她說想喝喝水，獨自離開了房間。在三更半夜喝水，我的心怦怦直跳。我感到很不舒服，拚命地漱口。因爲這與之前我夢見的接吻感受截然不同，它讓我渾身不自在。當我喝完水回到房間，房間裡卻靜悄悄的。原來她已做出側躺的睡姿，我也立即與她背對而睡。這時若說無法成眠顯然是小說情節，但那時我精神倦乏得很，兩三下就沉睡了。直到很久以後，我才知道在花柳界裡男女相背而睡即表示「嫌棄對方」。當然，那時我尚不知道這個行話。

隔天早晨。她從被窩裡露出臉來，向我笑了笑，我只禮貌性回眸以對。那天早晨是什麼情形，至今我已沒什麼印象。總之，我覺得直到早上來臨，自己才算獲得了拯救。話說回來，在早晨清淨的心理狀態下，我們僅彼此含笑而視，我覺得自己表現得很成熟理智。不過，事後想來，我覺得這種經驗荒唐無聊。很久以後，我在《愛的遊戲》這部電影中看到被奪去童貞的少年，早晨起來對著鏡子撥弄頭髮，一面傲慢地質問那女人的情景，使我非常的反感。或許是因爲它碰觸了我不愉快的記憶吧。那次遭遇我並沒有失去童貞，但這世上似乎仍有以更美好的形式失去童貞的人。最近，我聽聞到這樣的事情。

某個夏天，有四五名性情天眞的學生在朋友位於葉山的別墅過夜。他們喜歡爵士樂，整天播放著爵士樂唱片，撥彈吉他，白天在海岸嬉遊。隨著夏天接近尾聲，來此避暑的遊客也日漸稀落。在海濱走逛的人變少，很快就知道附近居民們的個性，這正是與他們交流的最好時機。其中，有時候會看見美麗的太太出來遛狗散步。不過，她總是形單影隻，尤其嬌柔纖細的身姿，使學生們很想與她結識。後來，在某種機緣下，他們成了朋友。她大方地與那些學生交流，爲那年夏日增添了美好的回憶。

隨著新學期在即，幾個學生紛紛回去，最後只剩下那棟別墅屋主的兒子。儘管他留了下來，每天卻百無聊賴。一天，那名婦女打電話來。

「我買了一張新的爵士樂唱片，你要不要來聽聽？」

於是，這個學生應約出門了。不過，到了那裡之後，他發現氣氛不對勁。他顯得有些戰戰兢兢，但仍賞聽了各種唱片，並留下來晚餐，只見夜色愈來愈深。近處的波濤聲縈迴不已，那是個溽熱的夜晚。

「你等我一下喔！」

話畢，她走出了房間，隔沒多久回來的時候，身上只罩著一件黑色的蕾絲睡衣。而且，那件睡衣薄如蟬翼，幾乎被看個精光，仔細一看，底下什麼也沒穿。那個還是處男之身的同學，看見這副光景緊張得渾身顫抖，她卻對學生說：「這麼熱的天氣，你怎麼還穿著襯衫呢？把它脫下來吧！」

然而，那學生不敢自行脫下身上的襯衫。這時候，她伸手正欲脫下他的襯衫，學生才急忙自行解下襟前的兩三個鈕扣。

學生的皮膚晒得黝黑發亮。看到此狀，她旋即說：

「你晒得好黑喔，若放任不管的話，皮膚可會變粗糙呢，你得塗些橄欖油才行。」

「我幫你塗啦。」說罷，她拿來了橄欖油，不由分說就在他上身塗抹了起來。最後，她又說：「哎呀，你的雙腳也晒黑了。」

然後，她脫下那男學生的褲子，又對他塗塗抹抹的。總之，他全身被塗滿了橄欖油。就在那學生因這突如其來的怪異感覺而陷入恍惚狀態時，她突然站起來，褪下身上的黑色蕾絲睡衣，自己也乾脆脫個精光。然後，聽說她還整個身體騎在男同學的身上。這雖然是馬路消息，但這反映出在戰後的日本社會裡，確實也曾出現過法國言情小說中的激情場面。話說回來，那終究是二戰以後的豔聞軼事，在戰爭時期可沒這等事呢，也不可發生這種情事。

自那以後，過了四五天左右，前述的那個表姊打來電話給我。

「今天，我們在新宿車站碰個面吧？」

在我印象中，戰爭期間的新宿車站既陰暗又擁擠。隨著戰爭即將結束，那些扛著行囊疾步匆匆的人群，不論身上的卡其色制服、腰下的燈籠褲、扛著肩上的帆布袋，看上去都很破舊和髒污。那次，我就這樣穿著學生制服和纏著綁腿去赴約。她站在擁擠的人潮之中。我老遠就認出插在她頭上的那朵紅色玫瑰花。它宛如在戰爭期間別出心裁的裝飾，使得我置身在混雜的人群中仍能認出她。我突然有種莫名而怪異的感覺，初次與女人幽會畢竟是喜悅的，我緩步地朝她走去。她是個有話直說的女性，見我前來劈頭便說：

「你爲什麼遲到？與女人約會的時候，男人都要先到的呀！」

她動輒就擺出居高凌勢的態度來。尤其在教導和訓斥對方之際，眼睛轉個不停，不時抬起嫵媚的臉蛋來。

說來眞是詭異，我對這段記憶就這樣中斷了。並非我有意隱瞞，後來我們到底去了什麼地方，我實在想不起來。特別是在戰爭期間，既沒有咖啡館，也沒有舞廳，很有可能到某個地方散步吧。沒多久，我們坐上了擁擠的電車。電車內瀰漫著汗水味和塵埃，每個乘客的表情嚴厲。看得出車內的乘客們對她的玫瑰花頭飾不以爲然，不時投來輕蔑的目光，站在她身側的我，愈來愈感到無處自容。於是，我最初的戀愛經驗就這樣戛然而止。

或許是受此經驗的影響，我愈發想追求更清純的男女之愛，而不是那種狂烈索吻的激情。一生只那麼一次就行，我很想談一場清純的戀情。直到現在，我仍害怕被抓去當兵，因此急灼地想在入伍之前，擁有那樣的戀愛經驗。因爲士兵奔赴戰場之時，沒有情人前來送行是多麼不光彩。當時，那些手持用紫巾包著軍刀，身旁有未婚妻相伴的海軍預備軍官學生走進車站的身姿，可說是全街上最美的風景。換言之，我終將要徵召入伍，未來情況不明，所以很想交個女朋友。

那個時期，我經常到朋友的家裡走動，其中包括那個一起到志賀高原的旅館遊玩的巴哈迷同學。他家裡與之前提及世居豪宅的同學家相比，簡直是個清教徒的家庭。他時常與我這樣對談。其實，他對巴斯卡[14]的思想極爲著迷。

「我很喜歡巴斯卡！我覺得巴斯卡才是眞正的思想家。」

「巴哈也是嗎？」

「嗯，在德國巴哈最具代表性；在法國當數巴斯卡了。」

「你的視野太狹窄了。」

「怎麼會呢？每個國家能夠誕生的精純而高貴的東西本來就少之又少

嘛！」

「想不到你的觀點這麼狹隘呀。二流的文學中反而包含更美的東西呢。」

「我才不讀那些廢物。」

他所主張的偉大的理想，經常使我大爲光火。

我們就是這樣，看似急於加速前進，其實亦知道人生之路還很漫長。到這時候，我更加懷念起青年時期與朋友聊談至天明的悠閒時光。因爲最近我雖然還騰得出時間喝酒與聊天，就是沒有高聲嚷嚷到天亮的閒暇。對於當時的青年來說，那些作爲並非是徒勞的，因此他們都熱衷於高談闊論。那時候，我已慢慢能夠分辨出無聊之舉的界限，但明知如此我仍樂於倘佯其中。

在我們交談之際，隔壁房間傳來了鋼琴的樂音。由於在戰爭期間，我許久不曾聽到鋼琴的聲響，此刻連那不怎流暢的樂音都使我感到愉悅無比。

---

14 巴斯卡（Blaise Pascal, 1623-1662），法國著名數學家、物理學家和哲學家。

我剛滿十九歲。在當時，十九歲的青年已算是成人了，骨架和體格變粗不少，有些人的身高還長到五尺七、八寸。最近，我讀了青春小說發現，竟然有人在少年階段就有著超乎十九歲年紀恣肆的性經驗。正如小說家堀辰雄[15]談到法國小說家拉迪蓋那樣：少年是很容易害羞的，羞赧的心理充盈在整個生活中。或許這就是思春期的特徵吧。拿當時與現今的十九歲相比，表面上看似乎有些迥異，但根本而言，其害羞心理是相同的，亦即在十九歲的年紀，仍會動輒莫名地感到羞赧。打個比方，這種情形如同永遠套緊身衣在瘋子身上一樣。現今的少年拚命地想把緊身衣脫下來，而當時的我們卻只能被這緊身衣裹著動彈不得。

話說從隔壁傳來的鋼琴聲響，是我朋友妹妹所彈奏的。幾分鐘前，她送來茶水給我們，臉色羞紅逃也似地離去，所以我對她不怎麼留意。不僅如此，她的汗毛濃密，微微可看見嘴唇上長著黑色汗毛，臉上又沒有化妝。這在戰爭時期是很少見的，她不穿燈籠褲，露出穿襪子的兩腳，有時還穿著紅色皮外套。我想，這外套可能是她父親從國外買回來給她的禮物吧。

我跟朋友們高談議論之際，她從來不會進來打擾。然而，我聽到這陣陣的鋼琴聲響，覺得她是刻意彈奏給我們聽的。在此，我們姑且稱她爲淺子小姐。生活在瀰漫肅殺氣氛的戰爭時期裡，聽到這鋼琴的樂聲，使我暫時離開現實，猶如置身在溫馨與柔情嫻靜的女性世界裡。坦白說，聽到那鋼琴旋律，我也許已悄悄愛上她了。只是，這與尋常的戀愛不同。正如我之前寫過的那樣，我曾自以爲是地暗戀過某個少女，而那名少女正是她。而且，其結果跟之前我暗戀朋友姊姊相同，我既不敢找她攀談，不曾邀她出來，完全沒有進展。首先，在當時的東京，幾乎沒有情侶出遊的地方，而電影院播放的全是些刻板而慘烈的戰爭片。

我記不得有多久沒與她交談。有天剛好機會來臨。我那個朋友比我大了一歲，因此徵召入伍的時期來得早。他以學生從軍的身分進入陸軍，將來想考取預備軍官，最後進入前橋的預備軍官學校。那時候，我尚未接到徵召令，每天

15 堀辰雄（1904-1953），日本小說家，著有《神聖家庭》、《風起》等。

生活得很悠哉。當時，我們被大學校方派往前橋附近的中島飛機製造廠義務勞動。前橋的乾冷寒風，刺冷得難以言喻，我擰了洗臉的手巾，把它放在口袋裡，從洗臉台走回宿舍這段路上，它早已變成硬梆梆的短棍。而且，我們不僅沒有毯子禦寒，待在破落的宿舍裡，身上裹著一條棉被，往往冷得瑟瑟顫抖。這時候，我們這些法律系的學生只能對著凍僵的手指拚命地哈哈呵暖，除此之外也無可奈何。

我們被派到飛機場義務勞動，可說受到貴族般的對待。因爲出身東京的公立大學生，到了外縣市裡往往被視爲夫婿的最佳人選。其中，就有女性鎖定我們這些大學生。每次空襲之時，我們便抱著文件盒跑進防空壕裡。由於我生來體格嬌弱，從那時起便學會如何由弱轉強的技能。我除了在塵埃飛揚的工廠裡，參與零件的製作之外，還到了大樓裡的總務課裡做行政工作。在那個部門，果眞有兩三名同班的法律系學生。於是，我們便對來此勞動的女孩子們評頭論足起來。有些女孩待我們很親切，她們果然是全來自外縣市的女校，被徵召到工廠來的。

與我同宿舍的同學中，有個學生血氣方剛。他是如何被抓來當兵的，我並不清楚，總之他有個怪癖，在糧食匱乏的時候，他便自恃逞勇耍猛，竟然自行劃破手指出血，以此冷靜自我陶然。後來，傳出他與一名綽號叫克麗奧佩脫拉[16]被徵召來此的女性有曖昧關係。每次空襲警報響起，我們害怕有轟炸機撲天攻至，沿著紅土路朝防空壕奔馳而去。然而，防空壕距離飛機製造廠很遠，我們彷彿與轟炸機在競速似的。我們身後的廠區每次傳出被轟炸的爆音，周遭的空氣便爲之震得灰暗紛揚。好不容易奔至防空壕前，或許是安心使然，我們卻不守規定偷偷地從洞口探頭出來，朝工廠的方向眺望。

一天，那名血氣剛猛的學生與我以及克麗奧佩脫拉女孩，恰巧躲在同一處防空壕裡。剛到防空壕的洞口前，他有些羞赧地向她伸手，一面說：「克麗奧佩脫拉女王，請進來壕洞內吧。」他的動作沒有半點敷衍與矯情，使我看得羨慕不已！坦白說，他對待女性的舉止，不像我那樣笨拙，而是自然流露，不裝

16 Cleopatra，古埃及托勒密王朝最後一任女法老，後世通稱「埃及豔后」，意指絕代佳人。

模作樣，做得如此得體。此刻，反倒是克麗奥佩脫拉小姐有點做作，她雙手輕抓著燈籠褲兩側，宛如陶醉在克麗奥佩脫拉女王般的氣氛中，緩步地走進暗黑土臭的防空壕裡。擠坐在壕洞裡，我們三人感受到彼此的體溫：她坐在中間，我和那學生坐在她左右。那學生伸手搭在她的肩上，我雖然感受到她的體溫，但我仍感覺得出他的手在從中作梗。不可否認，他是個擅於近水樓台的高手，我雖然黯然神傷，也只能打退堂鼓。

從飛機製造廠到宿舍往返就需三十分鐘，這樣的日子愈來愈使我們覺得索然無味。用餐的時候排隊，手持鋁製的容器盛飯。而且沒什麼菜餚，只能分得一碗豆醬湯。儘管如此，有些食欲旺盛的人，索性裝傻又重排隊，分食了兩次。不過，當時飛機製造廠的海軍督導們卻截然不同，他們坐在寬敞的食堂裡拿刀叉用餐呢！這讓我們很不是滋味，躲在窗簾後面偷看他們用餐的情狀。他們正在享用西式套餐，盤皿一個接一個端上來。我們看了良久，開始對軍部咒罵起來。因爲沒有比自己挨餓卻看別人飽餐更令人痛恨的了。

就這樣，我們許多同學紛紛接到徵召令不得不入伍去了。生活在隨時可能遭到炸彈轟擊或徵召令捎至的日子裡，我格外地想念淺子。於是，我給淺子寫了些措辭中肯的信。因爲在我看來，每個人應該都有寫信的對象，而我也有權利這樣做。我猜想她突然收到此信想必會驚訝萬分，但此信內容全是忠實的近況報告，所以她很快就回信了。而這反覆展讀並非情書的普通信文，竟是那時可憐的大學生最大的快樂！

一天，可能是飛機製造廠或學校方面的命令，我必須返回大學洽公，因此回東京住了一夜。回到家之後，難得躺在溫暖的被窩裡，心裡十分舒坦，儘管家中的菜餚不多，可比起飛機製造廠裡的伙食還是美味得多。就在我沉醉在溫馨的時光中，玄關的門鈴突然響起，捎來了徵召令的電報。由於我早已有心理準備，因此沒多驚愕。然而，這封電報旋即讓家中氣氛凝重了起來。再過兩天，我必須前往我的出生地兵庫（地名）的軍營報到。不過，或許這是意外的幸運。那天晚上，我似乎染了風邪，體溫愈來愈高，到了入伍報到那天，竟然高燒得嚇人。入伍前天，我在兵庫的親戚家裡往胸前貼上濕布，做了各種退熱的措施，神志仍有些昏沉，我照樣打起精神，在眾親友的送行疾步趕往了軍營。

至今，我仍記得很清楚，那個聯隊駐紮在荒涼苦寒無比的深山老林裡。在那種地方，我只是稍停片刻，便全身打顫咳嗽和頭暈。後來，有個資淺的軍醫把我的症狀誤診爲「肺浸潤」。以軍中術語來說，亦即「胸膜炎」。他說，他聽診出我的肺部出現雜音，這使我大爲吃驚。不過，坦白說那時我反而這樣想：與其被抓去當兵，不如患病來得幸運。我事後打聽，那個聯隊的士兵全被派到了菲律賓作戰，據說有許多兵員戰歿。幸虧我被誤診爲胸膜炎，才得以回到東京。直到現在，我仍記得我坐在深夜的火車中飽受嚴寒和高熱折磨的痛苦。返抵東京之後，我立刻做了全身檢查，沒有發現到疑似肺結核的症狀。而且，我的入伍日期因而順延到了翌年。

我之所以有緣與淺子碰面，是在我返家休養的那段期間。那時候，她哥哥駐防的軍隊准許家屬前往會面。於是，我前往了她哥哥家裡，跟隨其家屬前去探視。我們先在外地旅行過夜，隔天才去部隊會面。由於探視的成員眾多，有他的祖母、母親與他的三個妹妹，以及我和其朋友的父親和哥哥，團體出遊的困難可想而知。我也好不容易拿到了一張車票，但這必定給她們家造成不少負擔。雖說這只是普通的旅行，卻是我對戰爭時期最珍愛的美好回憶。那天，我們在她家附近的車站等候。我記得她穿著長褲和毛衣，一副外出旅行的打扮。而且，她頭髮上繫著可愛的緞帶，緞帶的顏色跟她之前所插的大玫瑰花截然不同，顯得多麼開朗奔放，在在展現出戰爭期間青春少女的花樣光彩。

在車站等候之際，我馬上就認出她最先步下階梯來。當我們目光交會的時候，我心裡盪漾著無比的幸福。在之前數個月裡，我們只互通了兩三封信，談不上什麼感情的交流，但在那瞬間，我覺得我們之間已靈犀相通了。奇怪的是，之前我閱讀了很多如何引誘女人的小說。雖說那時我已很少到街上去，但仍在舊書店找到並耽讀不少法國的色情小說。但我走到她的面前，卻結結巴巴起來，慌亂得不知所措。我僅能在心裡告訴自己：我必須鼓起勇氣才行。

讀者諸君，您們對此有何看法呢？我的初戀與其說是平淡無奇，不如說是在測試自己的膽識。各位還記得在斯湯達爾[17]的小說《紅與黑》中，主角朱利安向雷那爾夫人獻上初吻時，那完全不顧一切的衝動與情愛或受到可怕的義務觀念驅使，純粹只是爲了證實自己勇氣的心理描寫吧。那時，我尚不完全理解如此細緻的心境刻劃。然而，我最終仍沒能像朱利安有那樣的膽識與勇氣啊！

戰爭期間火車內空蕩蕩的。而我實在不明白，爲何要買張車票困難得很，但車內卻沒什麼乘客。那車廂破舊的火車彷彿算準空襲警報的空檔似的，才搖搖晃晃地駛離車站。我眞想跟她單獨談談話。不過，總是受到各種干擾。看得出來，她母親不想讓我們兩有悄聲蜜語的機會。此外，她兩個小妹妹嘰嘰喳喳的，三番兩次來打擾我們。儘管如此，我只能順應其境。我不知道如何與女系家族的成員互動，卻又置身在這樣的環境中，我實在拿捏不準如何才能維持我這外來的陌生青年的美好形象。因此，我只能幫忙搬抬行李，親切招呼她們，甚至對其祖母百般照料。只是，當我們終有機會單獨談話的時候，這備受我呵護的祖母，偏偏又來攪局！

好不容易剩下我們兩的短促時刻，我們眺望著窗外春寒料峭的田園景色。

然後，我們總算有些交談，但我卻這樣問道：

「妳平時讀些什麼小說？」

我又談起小說的話題。這多麼滑稽可笑啊！其實，因爲除此之外，我眞的沒有其他話題可談。

儘管那天夜裡沒什麼斬獲，我還是很期待夜宿旅社。不過，當我們一行人抵達鄉下的旅社，才知道情況截然相反。那間旅社又舊又小，沒能提供取暖的燃料，寒風不時從隙縫中灌進來，房間的牆壁四處斑駁，看樣子已然是年久失修。

容我稍爲離題一下。我想起很久以前在關西的親戚家過夜時的情形。那時，我一個人在二樓睡覺，因夏夜溽暑無法成眠，親戚的女兒便拿著水瓶來到我的枕畔。她比我大兩三歲左右，當她把水瓶遞到我的面前，我竟然倏地從棉

---

17 斯湯達爾（Stendhal, 1783-1842），法國著名作家，代表作爲《紅與黑》。

被上跳了起來。由於這個舉動很突兀，她也嚇了一跳，險些打翻了手中的水瓶。

「你怎麼啦？」她問道。

「不，我沒事。可能是我睡得不沉吧……」

「對不起！」

就這樣，她把水瓶擱在枕頭旁，道了聲「晚安」，就轉身離去。

那天晚上，我莫名地興奮起來。我想，可能是她來到我的房間，我對她懷著各種熱切的幻想。因爲我驚跳起來之際，我們兩張臉龐湊得如此之近。我多麼期待穿著無袖夏季西服的她就這樣鑽進我的被窩裡！然而，這終究只是一場空思妄想，她留下水瓶之後，很快就離開了。

不可思議的是，在此之前，我並不喜歡她，翌日醒來，我亦只心情平靜地望著她……

回到剛才的話題。我們眾人在旅社裡吃了晚餐。我想，很可能是我們私下自備了白米，要不就是持有糧食配給證，經由這樣的手續，我們才得以用膳的。整體而言，這頓晚餐乏善可陳，甚至還端上怪味的魚。不過，我朋友的家人因爲隔日早晨可以會見當兵的親屬而喜不自勝。她則如往常那樣，在昏黃燈光的照映下，安靜地側坐在旁邊。

由於她臉部被晒得通紅，妹妹顛倒其名給她取了個有趣的綽號。當大家在用餐之際，我霍然用那綽號叫了她。她反射性地看我，錯愕地問我怎麼回事？只見她祖母和母親也面面相覷，餐桌間頓時陷入了沉默。

我爲自己的唐突舉動後悔不迭。她也莫名地臉色漲紅起來。

旅社裡總是垂掛著黑緞質料的遮光布。每次回想起戰爭期間的往事，總無法避開它的存在，它使我無端聯想到喪事。

只可惜，那天晚上我被分配與其他朋友的父兄同一房間。畢竟，她們全都是女眷。不過，所謂第二個房間，也只是一塊半厚的拉門之隔。隔著這道拉門，我仍可聽見其妹妹的歡鬧聲和她鋪床拉被的動靜。我憑空想像著，她正穿著什麼樣的睡袍。我朋友的哥哥就睡在我的旁邊，他不倦似地高談闊論，從戰爭經濟學的角度來評斷此場戰役必敗的原理。

對我來說，隔壁房間裡的動靜才是我關注的重點！聽得出其妹妹的笑鬧聲太吵，遭她祖母喝止而安靜下來，但她們旋即想到什麼似地咯咯竊笑起來，我猜想她們可能躲在被窩裡相互撓癢吧，這陣陣笑聲使我覺得刺耳難當。

就這樣，我只能想像著她在寒夜房間裡脈脈傳送的體溫。從她紅通通的臉龐看來，就可猜想睡在她被窩裡是多麼溫暖啊！而且，她躺在被窩裡的同時，想必也會春情難耐吧。在我浮想聯翩之際，躺在我身旁的朋友之兄還悄聲地議論起來，而她的父親早已傳出輕微的鼻息了。

「這場戰爭已經不行啦！別說日本的經濟搖搖欲墜了，光是通貨膨脹就足以令日本吃不消。經濟一旦崩盤，必然就是戰敗的前兆，這是近代戰爭的通則！換句話說，把經濟搞垮了，戰勝又有何意義呢？」

我覺得，他這番論調是故意說給我這個法律系學生聽的。他當過某證券公司的高階幹部，可對我來說，這觀點只不過是泛泛之論罷了。

「就是啊！就像大戰之前德意志那些鬧通貨膨脹的國家，一進入戰爭狀況，就挺不住了。」

「統制經濟看來好像蠻可行的，其實是輕忽不得呀！再說德意志，不久就要舉手投降了。」

「就這點我敢斷定，德意志必將投降。希特勒就快垮台了。」

他不斷強調這樣的論點，可說著說著，不知何時他卻開始打起哈欠來，眞使我無言以對。

翌日清晨，我已忘記昨夜的苦悶妄想。而且，那天早上，沒有空襲警報，在清新的空氣中預示著這旅途的愉悅。從宿舍到軍官學校距離很遠，但我幫她們姊妹提行李，就這個體貼的動作，我有權利跟她們說話，開開玩笑，心情暢朗地走在早春青草初萌的路上。我要藉機向她表白，又怕沒能得到熱烈的回應。因此，我隨她們去探視那個朋友，雖說不致於百般不願，至少我不抱什麼興奮和愉悅之情。尤其，一旦到軍隊會面，就有自己即將被抓去當兵的恐懼感，給心裡留下陰影。

會面的時間很短。沒多久，他走了出來，一副可憐的樣子，只有臉部肥腫得很大。

「你們瞧瞧。」

我們打量他伸出的手臂，它被晒得黝紅紅的，宛如螯蝦般的外殼。畢竟，出生良好家庭的他，從來不曾晒傷。

在此，我想起了在等候他出來會面時的某個往事。我們等候的地方是一片枯草長得老高而寬闊的原野。直到軍方來通知獲准會面之前，我們一直在門衛前的曠野上等著。當我吸著菸呑雲吐霧之際，一個青年走了過來，說要向我借火點菸。這個男子臉色蒼白，其容貌很像哈姆雷特。他點著香菸之後，立刻朝早春的天空噴出淡淡的青煙，還問我就讀哪所大學。我據實回答，他這才略感安心似的。很可能是因爲我出身於有著悠久傳統的自由主義的國立大學。他神情嚴肅地說：

「這戰爭必敗無疑，我們只有死路一條。」

我猜想，他可能是因患有肺部疾病而被免除兵役，此次是來探視朋友的。

「總而言之，這戰役已經窮途末路，再也打不下去了。雖然這不能大聲張揚……」

「您的意思是說，（日本）會打敗仗嗎？」我追問道。

話畢，那名青年的臉色更煞白了，連忙「噓」了一聲，環視周遭的狀況，幸虧沒有憲兵的身影。

「沒錯。」

「嗯，我多半……也這樣覺得。」

「本來就是！爲了我們國家著想，你不認爲明知結果如此，不如儘快讓日本打敗仗來得好。這樣一來，那幾萬人、幾十萬人，不，有好幾百萬人，就不必無辜戰死異地了……」

「是啊。不過，我總覺得個人的意志終究使不上力。」從那時候起，我便成爲懷疑論者。

「而且，無論把它引向戰勝或者推向戰敗，都是艱困無比的。」

這麼聊開之後，我們的措辭變得粗魯起來，彷彿又回到學生時代的談話方式。現今的年輕人大概很難想像，當時我們談論這個話題時還必須悄聲隱語呢。於是，我們就這樣交頭接耳地討論著：那日漸危及自己的命運、所有作爲全是徒勞的、努力付出是毫無意義的、任何宣揚和平與人類的博愛思想，終將以失敗收場等等。

「像出生在這個時代的我們，並沒有犯下什麼罪過，卻得過著老鼠般苟且偷生的日子。我想，即便是老鼠，牠也想如馬兒或老虎般的過生活啊！只是，抱持那樣的夢想，往往容易遭軍閥利用，受其煽動直想要打仗。而這些軍閥又極其巧妙地利用青年夢幻的弱點，把他們統統推向了戰死的征途。」

會面才結束，我們的話語變少了。原先要去探視的喜悅之情全消失。因爲當我回想起：朋友的祖母和母親及其弟妹們前去探視時，他在嚴酷無情的環境中，皮膚晒得黑紅、神情憔悴的模樣，我只感到滿腔的悲哀。

當我們就這樣踏上回家之路，想到他卻得留在軍營裡，不知何時會被帶往哪個戰地，心裡就愈發感傷起來。

她也跟我有同樣的心情。或許感受到這樣的氣氛，連她的妹妹也沉默不語了。

我想起歸途時在昏暗火車裡的事情。那輛火車駛到東京三十分鐘後，我還得轉乘其他班次。在轉乘的東京車站上，我看見了大批的災民推湧而來。可能是前天晚上東京遭到慘烈的空襲所致吧。

其中，有的臉孔被煤煙燻黑，有的穿著睡袍外披棉和服而已，有的頭髮凌亂，有的兩腳沾著泥濘，有的肩上挑著重物。

我還看見一個繫著綁腿的男子，一副營養不良的樣子；一個穿著破爛皺巴巴燈籠褲的女人，頭上綁著防空頭巾，挑著沉重的行李，不時露出逃出劫難後的驚恐眼神。

與這些災民的處境相比，我們一行人的裝扮顯得有些豪奢。在他們看來，光是我們逃過空襲的劫難，就令他們很不是滋味。因此，他們帶著如革命的群眾痛恨貴族般的憎惡眼神，朝我們狠狠地瞪視著。其實，不需他們瞪視和指責，我們當然知道若遭到同樣的處境，也會有如此的反應。

然而，我最感欣慰的是，她因為害怕群眾的凶狠逼視，竟然不自主地拉著我的學生服衣袖求援。透過這樣的肢體接觸，那時我突然感受到她的手是多麼溫暖！

儘管這舉動使我渾身微顫，卻也讓我的春情澎湃不已。

於是，我順勢摟住了她的肩膀。因爲稍後我們必須轉乘其他班次，這動作很順乎自然，也不需擔心被同行的人非議。這是我初次摟抱她的肩膀。而這微溫的顫抖，再次喚起了我昨夜在睡夢中那脈脈流動的綺情想像！

我與她接吻的機會就在眼前！可是，我發現那機會尚未到來。

戰爭末期一九四五年的春天，我的生活有了很大的轉折。在此之前，大學方面與飛機製造廠的高層，因爲動員大學生到其他單位勞動這件事情原本就意見相左，後來廠方終於同意我們回到大學裡讀書。想不到在這種情況下，大學方面的權威仍維持不墜。從這個意義來說，代表飛機製造廠的軍部等同於尊重校方的意向。我並不清楚這其中的原因爲何，但很可能是因爲廠方從來不把我們當大學生對待，我們爲此憤憤不平，於是策動教授們連署，軍部最後才解除動員令的。由此看來，即便在戰爭末期，下層的意向還是可以撼動上層的決策。例如，聲名顯赫的東條英機內閣也被趕下台。看來隨著戰局每下愈況，日本國民似乎都在思考如何方能結束這場戰爭。

我們是在櫻花綻放的時節，返回大學校園的，直到五月之前，我們如往常到教室裡上課。每次空襲警報響起，便立即停課，所有學生奔往地下室去。大學的建築物很牢固，比起待在廠方的防空壕來得安全。警報解除後，教室裡又恢復如常，冷靜的法律課程繼續進行。站在講台上的教授一面拖著沒繫牢的綁腿，一面講授經濟學和與戰爭無關的聯合國組織章程。我們彷彿置身在完全與戰事無關的氛圍中，享受著奇妙而短暫的靜謐時刻，因爲窗外普照著明媚而溫暖的春陽。

那時候正值櫻花盛開。我們從大學的後門，沿著池端經過上野公園，再從上野搭乘地下鐵回家。我從未看過上野的山櫻綻放得如此美麗！池端旁的櫻樹枝條垂得更低，其樹下的油菜花田黃澄澄一片，成群的蝴蝶翩翩起舞。這使我想起戰爭期間沒有被霓虹燈暈染的夜空中，那皎潔的月亮和璀璨的群星。而自那以後，在東京我再也沒見過像上野公園那樣燦爛綻放的櫻花了。

我們穿著制服還披著灰卡其色工作服走著，只偶爾看見在櫻花樹下散步的人影。或許要欣賞櫻花之美，首先遊客不可太多吧。沒有人亂丟紙屑，看上去乾淨怡然。在這之中，偶爾看見了散步的情侶們，還看到穿著燈籠褲的少女，和外形邋遢的工人攜手漫步。當時，工人若在大白天行走，一旦被憲兵發現，旋即要遭到嚴懲，因此他們兩很是低調。只是，我們四個頭戴黑色制服帽的學生突然冒了出來，他們兩誤認爲是憲兵，驚嚇得奔逃而去。至此，我們只能以些許冷酷的微笑，目送他們離去。因爲他們完全沒有享受到青春之美、戀愛的喜悅，以及任何活力的綻放，被深沉的疲勞壓在底層，瞻前顧後地行走著。在那裡，我眞切地看見了生活在戰爭時期的情侶其落魄悲哀的情狀。也許，在別人看來，我們的戀情也與那對情侶的處境相去不遠吧。由此觀之，在洋溢幸福開明的時代沒降臨之前，我們最好還是不要談請說愛。

至此，我講述的全是戰爭時期的慘烈記憶。它畢竟是我的親身經歷，我也無可奈何。話說二三日前，我在某夜總會裡遇見了母校的學長。他大我三屆左右，是個很懂得逍遙的人。他出身於上流家庭。自二次大戰以來，我已十餘年沒見過他了。他老了不少，容貌卻沒什麼改變，我一眼即認出他。這使我想起之前他經常在軍訓教職員室被責罵半哭喪著臉的情景。因爲他向來是教師簿冊裡的黑名單。

當時，他是如何縱情玩樂的，我不甚清楚，可那晚上我們相談甚久，使我大爲吃驚。我原以爲戰爭時期沒什麼地方可玩，可比我年長二三歲的青年，在當兵之前竟能瘋狂地享受著他們最後的快樂。他神情陶然地回憶往昔，一面說道：

「是啊。我最感到快樂的就數戰爭期間了。也就是，我們念高等科的時期。我記得那時就連最貪玩的我們的班級，也變得跟你們一樣埋頭用功起來，敢於放蕩出遊的同學屈指可數。我是一九四三年末當兵的，在此之前，我卻著魔似地四處玩樂。比方說，你還記得那軍訓教職員室的事情吧。許多老師都是很晚才進入那個職員室，所以，上午那裡總是空無人影。於是，我便溜到裡面偷打電話，約女人晚上出來玩樂。若對方不行的話，我再找其他的女人，若又被拒絕，我再繼續物色……。總之，我們每天晚上都跟朋友到新橋花天酒地，好像從來不考慮花費。坦白說，當時真的沒想過花錢的事情呢。想想，現在的年輕人眞可憐啊！我十六歲的時候，就跟女人做愛了。十八歲的時候，勾搭上一個二十五歲的女人，之後我們大概交往了兩年。那女人是個酒吧女郎。」

「噢，那時候就有酒吧了嗎？」

「當然有啊。可是，不准在酒吧裡跳舞。於是，我們呢——反正我很少跟學校的同學來往，而是與愛玩的叔輩親戚四處遊樂，成天只想要跳舞，還專程跑到橫濱去呢。在橫濱本牧有家妓院的一樓，還可以狂歡跳舞。在當時的日本，僅只那處舞場而已。不過，我純粹去跳舞，根本沒意思買春，而且我也不缺女人。我們到了本牧的妓院，便租下整個場地。因爲不這樣做，如果中途有男客召她上了二樓，他們辦完事情下樓來，我們又跟那妓女跳舞，豈不是感覺很奇怪嗎？或許，妓女們很納悶我們爲什麼不上二樓。總之，我只是爲了追求跳舞的樂趣，才來到橫濱的。

自那以後，東京已讓我玩得膩味，還沒去京都的大學附近閒逛之前，十八歲的時候，我就去京都玩了一趟。因爲我想讓那些在京都鼎鼎有名的公子哥兒前輩們刮目相看。於是，我在東山下面的旅館，召來了二十個祇園的舞妓，在寬敞的房間裡將坐墊半捲起來，把它當成橄欖球玩耍。那時候我眞的是極盡放蕩之能事啊！話雖如此，每次想起我在戰爭時期偷偷行樂的日子，就有說不出來的懷念。畢竟十七八歲的時候，正是最具青春活力，什麼都感到新奇的年紀。

後來，我被抓去當兵，熬了兩年，戰爭結束了，幸好之前已盡情享樂玩過，所以在軍中被欺凌也是無可奈何。」

這名只大我二三歲學長的回憶，使我大感驚訝。儘管我可理解青年人於戰爭時期尋求最後快樂的心理，但我沒想到他的玩樂竟是這麼氣派豪放。當然，他的情況絕對是個特例，是現今包括戰後派和情感冷淡的青少年所無法企及的。

回到剛才的話題。我們被動員到相模灣近處、離厚木機場不遠的海軍工廠做義務勞動。那裡到底是什麼樣的工廠？它不是我們想像中結構牢固的水泥建築物（正如前述的飛機製造廠），完全看不到大批工人和塞滿的機械。我只看見在遼闊的原野上零星坐落著幾棟黃色的簡易房舍。原來它是飛機的零組件工廠，為了躲避空襲攻擊，整個工廠正在移至地下。這個地下工廠，還算體面，有的工處更簡略，只在山腰處挖洞鑿穴，在潮濕的洞穴鋪上木板，搬入機器設備，即使遭到空襲仍可繼續作業。在我看來，山洞裡濕度極高，受潮的精密零組件會因而失準，二次大戰結束時零式戰鬥機頻頻出現問題，這很可能就是原因之一。

我們被分配住在營舍式的新建棚屋裡。那裡雖然稱作二樓建築，事實上，是一條泥地的通道穿過建築物中央，左右兩排是僅有簷廊似的木屋，它們以槍架來劃分房舍棟距，二樓彼此相連著，綁在柱子上的木梯，就是登上二樓的階梯。我們分配到四五人共有的房間，因此任何談話都聽得到，完全沒有個人隱私，宛如被無情丟入動物園的牢籠裡。可話說回來，在那裡生活，比我之前待過的飛機製造廠來得好，我還蠻懷念當時的生活。

來此的學生各式各樣：有的還帶吉他來彈唱、有的成天玩撲克牌算命；其中，也有信奉法理公義的法律系學生，也有對邪門的新興宗教狂熱至極的學生。那學生的時運很差，原本出生於富裕家庭，因遭到空襲失去父母，之後開始迷上新興宗教。一天，他提出要求想去教主的宅第遊玩。之前，教主給了他很多東西。在我們沒門路索香菸的時候，他就從教主那裡取得「長壽香菸」。但荒唐的是，它不過是包裹松葉的菸卷罷了！每次吸這種香菸，我們猶如逃入洞穴中的狐狸，吭吭地嗆噎個不停，簡直難吸得要命。此外，他經常攜帶其教主的預言之書來，並說這是最高機密，於是隊友們好奇地偷看該書內容。書中寫道：最近，全世界將出現巨大的變革，日本必然成爲世界的盟主，但必須先趕走日本之中的群魔，否則這夢想無法實現。在文中，有句話令我印象深刻：「西方白人現，貓去犬來！」根據隊友的解釋，文中的「西方」乃指「名古屋」，它在暗示，美軍不會從相模灣登陸，而是從名古屋攻入。此外，「貓去犬來」的旨意爲，「貓」暗指「美軍」，「犬」代表「蘇聯紅軍」。意思是說，美軍登陸之後，蘇聯紅軍便大舉入侵日本。至此，我想起某個初夏晴朗的白天我和二三名隊友造訪教主的事情。

那天我們休假，一行人搭乘電車，在駛往東京的小田急線上的某個小站下車。我們走出車站步行片刻，看見緩坡上有一棟樣式普通的小洋樓。我們被安排在客廳等候，沒多久教主和祕書便走了出來。乍看下，他們二人都顯得清瘦和營養不良。那天，恰巧舉行什麼祭典，我們從未做過祓禊的洗禮。其實，所謂的祓禊即是到浴室往頭上淋水（淨身除罪）。令我不解的是，有個平時悄悄閱讀馬克思理論，以共產主義者自居的隊友，來到這裡，卻恭順地接受祓禊的儀式。該教新建的祭壇設在山丘上的偏僻處。那有著奇妙形狀的砂堆，看得出人工做成的痕跡，問其原因方知，那座砂山象徵著圍繞富士山的群山。有個自稱是某上校遺孀的女巫，在祭壇上念念誦唱，還猛揮著手中的楊桐枝，幾乎陷入了譫妄狀態。她在念誦之際，說道：「神明降示，枯樹開花也。」我不明白這話的含義，但人們總是對此抱以希望，因此我們也感恩地聆聽這番神諭。就這樣，我們站在白天松林裡明亮的角落，聆聽神祕女巫的宣託，手中也持一支楊桐枝，繞著那富士山形狀的砂山而行，背脊突然一陣發涼。至此，我們必須承認，我們的確被這種宗教的詭異狀態俘虜了。

那時候，淺子時常寫信給我，我感受得出，她在信文中對我的親切情感愈漸加深，我也努力地寫起情書來。

在信文中，我們措辭正經八百，從不提及個人的私事，現今讀來是多麼純眞的情書啊！她在寄給我的信上說：他們全家預計疏散到高原上避難，目前正在做各項準備，每日忙得不可開交。待在東京期間，可能騰不出時間碰面，很期待我到疏散地看看，務必到那一遊等等。她並畫了詳細地圖，希望我早日造訪……。她還在文末措辭恭謹補充道，要我不需擔心住宿問題，她會盡其所能，讓我待幾天都無妨。由此看得出，她是多麼焦灼地盼望與我見面。

可能因不同學校的關係，現在想來，我們被派往義務勞動其實蠻輕鬆的。比方，有個自稱文化股職員的男子，他每天拿著學校的經費到東京神田附近蒐購舊唱片，有時胡亂編個理由回東京去，要不就好幾日不回來。留在宿舍的我們，每天平均有一人收到徵召令，人員就這樣逐日減少。或許正因爲這樣的狀態，工廠方面才無法依每個人情況訂定工作計畫。

之前，我也收到了徵召令，但自從我患病被令即日返鄉以來，對此已忘得精光，再也沒接到徵召令。新兵訓練處那裡，應該還保留著「我必須靜養一年」的資料吧。那種心情如同在等候不可能寄達的情書一樣，但是哪天它必定會寄來的。大家全以這種心情等待徵召令的到來。

我就是在那樣的時期，前往探望舉家疏散到高原上的淺子。家人仍擔心我隨時可能被抓去當兵，因此得知我需要火車票，便透過關係幫我弄來了，可說對我呵護備至。就這樣，在戰火方熾的期間，我成了遊樂的旅人。我很久沒出外旅遊，這趟旅程令我雀躍不已。

那天，我在雨絲紛飛的上野車站搭上火車。火車內全是到外地採購生活物品的乘客。至於我是如何熬過那漫長擁擠的車程，我已記不得了。那次，與淺子及其家人探視其兄的情形不同，我是單獨前往的。我眺望著窗外的雨中風景，總覺得這將是我最後的回眸了。我想，現今的年輕人大概無法體會我此刻的心情。換句話說，明知道這次戰爭敗局已定，全體日本國民將走向滅亡，眼前的慘狀即是明證，我們沒有活路可尋了。目光所及的一切都是最後一次，吃到某些美味食物便覺得再也嘗不到了。因此，我的感覺變得活躍起來，連單調乏味的事物都能讓我感到愉快，剛進入雨季的綠樹葉片，看來都那麼鮮明欲滴。我眺望著窗外暗淡的景色，就不會覺得旅途無聊。

我之所以有這樣的感觸，或許正反映出我們這個世代的青年自暴自棄的心境。因爲我一旦到了高原，就得立刻融入那些人群，他們認爲與其相信未來，不如維持日常心理。他們的生活情感是我難以想像的，他們不管戰局如何演變，僅依憑微薄的希望過著現在的日子。在那裡，時間彷彿靜止不動，儘管糧食匱乏，卻能照樣過著平凡的家庭生活。

淺子來到車站接我。我沒注意到與她擦身而過，她朝我的背部戳了一下，故意讓我驚訝。我回頭一看，她的臉頰漲得火紅。她的動作和羞赧嬌柔的媚態，讓我有著我們已然是情侶的感覺。

「你很勞累吧？」這次與以前不同，她以確切情侶的口吻關懷道。

「我不累。」我微笑回答。

之後，我們沒什麼交談，只是信步地從車站往她家的方向走去。

德國投降之後，許多德國人被軟禁在輕井澤的旅館，加上疏散到此的民眾，人數非常之多，與該季節相反，顯得一派熱鬧。此外，不可思議的是，已經看不見穿燈籠褲的身影了。旅館全由軍方或政府機關接收，淺子以義務勞動的名義在山上旅館設有辦公室的官廳工作。我去的那天，她說，她特地向單位請了假，急踩著自行車，氣喘吁吁地下山來車站等我。

「因爲我一直沒有收到你的來信，有時會利用午休時間，趕緊下坡跑回家裡等信呢。」

在那裡，郵件通常中午時分才會送達。正如我非常期待收到她的情書，對她來說，收到我的來信亦是她生活中最大的喜悅。自從她疏散到高原，她的臉色變得紅潤許多，在飲食方面並不充裕，可她給我的感覺是，比我在軍需工廠附近看見的疲累憔悴的女學生來得神采奕奕。在她們家全是女眷，從不談起嚴肅的話題，即使在戰爭期間，依然只是閒話家常。她的母親很在意左鄰右舍的目光，外出時總要穿上絲綢布料的燈籠褲。其實，那樣的燈籠褲根本派不上用場，但是要遮人眼目卻綽綽有餘。

就這樣，女眷歡迎我這個青年的到來。不過，我的臉色不佳，引起了她祖母的注意。

「你是不是身體不舒服？」她的祖母用看透世情又溫暖的口吻問道。

正因爲她順乎自然地問及，使我猝不及防。我知道自己不是患了胸膜炎，但她這番話表示我終究無法瞞過她的法眼。

那天晚上，我談的全是士兵從戰亂回歸日常生活的各種感受。在餐桌上，她們拚命地向我探詢東京的最近情勢和周遭的狀況。比如，空襲後的災情、死傷人數、糧食愈加奇缺、軍人的殘暴等等。這些與她們的生活全然無關的話題，都是由我主持講述的。因此，共進晚飯之際，我呱呱地講個不停，儘管自己生活在危險之中，此行卻能給她們平凡的生活帶來某種激勵的士氣，不禁自我陶然起來。不過，我對此危險是言過其實。

「不久之前，我們還遭到艦載機的空襲呢。警戒警報一響起，空襲警報跟著嗚響了。那時我們剛好在戶外作業，便慌張地要逃往防空壕。但此時已經有一架轟炸機迎空逼近，機關槍的子彈就這麼掃射過來。我趕緊趴伏下來，稍後，我以爲轟炸機已經飛走，拚命地要衝向防空壕。不料，有架轟炸機似乎瞄準我似的，就在我逃入防空壕的同時，入口處也被子彈擊中，事後我檢視，從紅土中找出了許多機關槍的子彈。」

事實上，我說起這段逃難歷程是希望帶給她們全家歡樂的氣氛。不過，只有淺子的反應，使我欣喜不已。因爲只有她眞正地擔憂我的安危，她自始至終從未冷若旁觀、或裝模作樣地悲傷，而是關懷備至地聆聽我的講述。接著，她用嚴肅的口吻，以年長女性的立場向我叮嚀道：「今後你得凡事謹愼哪！」

那天夜裡，我睡在舒適的床鋪上，有著溫暖的被窩，簡直是在戰爭期間最大的享受。而且她對我頗爲照料，還頻頻到我的房間來，遞上枕邊的水瓶或煙灰缸什麼的。當她走出房間的時候，我原本想叫住她，卻猶疑了下來。幸好，她宛如聽見我的召喚似的，在寢室的門口回頭看我，其眼神是多麼地溫情脈脈。最後，她微笑地向我道了聲晚安。

由於我沒辦法在淺子的家裡駐留太久。於是，翌日她隨便編了個理由，向任職的機構請假。我們一直在尋求單獨相處的機會。我很盼望能體會生命中最美好的初吻，而不是感覺怪異的接吻，也不是之前那種被女方強迫的索吻。因此，我必須進退有度地引導她，使她眞情流露自然地與我接吻才行。問題是，我這方面的經驗尙淺。總而言之，不管時間或長或短，我們非得先找到這機會不可。後來，我發現下午我們兩應該有機會到外面散步。看她不說出口來，我便在耳畔低聲說：

「要不要到外面走走？」

這時候，她樂不可支似的，疾步奔至她的母親跟前，用很純眞和撒嬌似的口吻說：

「我可以跟他去散步嗎？」

「好啊，你們去吧。」她的母親口氣平靜地說。

那時候，我是個很容易心靈受創的人，她的母親這番親切祥和的話語，使我感動不已。

於是，我們在剛剛雨歇天空微暗的白樺林間漫步著。當時，許多民眾疏散到輕井澤避難，但這避暑勝地與平時不同，完全看不到來此遊走的人影。我還看見一隻爬上白樺枝幹的松鼠晃動著白色尾巴。那些飽含水滴未落的蒼鬱枝葉，如吸水海綿的垂下來。我的肩膀碰觸到它，旋即被滿綴的珠露給浸濕。

我穿著制服又套上了雨衣。我的虛榮心作祟，分明對周遭環境不熟悉，卻拉著她往前走。原本打算帶她到僻靜的角落，最後卻走到熱鬧的街角。之後，我只好請她帶路，儘量往靜謐的地方去。

我發現道路的邊坡上有一條長滿苔蘚的小徑。那條小徑幾乎看不到踏痕，沿著它往上走，可以登上林樹稀落的山丘。

我對她說：「我們上去看看吧。」她默默地點了頭。

我拉著她的手，其間失滑了好幾次，最後才爬上了易滑的邊坡。話說回來，安然地把她拉上去，正是展現自己洋溢活力的最佳機會，所以我無論如何得把她送到山丘上。在這攀爬的過程中，我的勇氣也面臨考驗。正如由下方仰視的那樣，在邊坡上面，有著稀疏的樹木和如茵的草地。只是放眼望去，草地上隨處可見被推倒的樹墩，或是半朽將倒的樹木，宛如一片樹木墳場。有些樹幹上還長著白色的蕈菇。來到這地方的時候，天空稍微放晴了。其間，不知名的鳥兒啁啾著，還沒看到太陽露臉，林間空地已愈來愈明亮。我脫下雨衣，把它披在一株倒伏的朽木上。

「要不要來這裡坐坐？」我說。

她溫順地坐下來，當我伸手摟住她的肩膀之際，我發現我們彼此的手顫抖得厲害。

於是，我們動也不動維持這樣的姿勢，什麼話也沒說……。對我來說，當下彷彿時間完全凍結，使我不知所措。片刻之後，我倏然如夢中醒來似地說：

「我們回去吧。」

她又默默地點點頭，然後站起身來，拂去落在身上的落葉，我猛然從背後靠近她，把她摟在懷裡。我依稀記得那時候她身上穿著雨衣，那種碰觸的感覺是冷涼而羞怯的，絲毫沒有半點浪漫的氣氛。就在這時，我可以明顯感受到她怦然的心跳，即使我們之間隔著雨衣。我宛如抱住一隻微微顫抖的大鳥。她那汗毛微現的雙唇就在我的眼前。她早已閉上眼睛了。於是，我的嘴趕緊往那沒塗口紅而發乾的香唇印了上去。不過，她因爲緊張得渾身顫抖，使得我們的牙齒都碰在一起了。

我的思春期到此落幕了。隨著二次大戰的結束，我的思春期亦於焉告終。之後，我和淺子沒有繼續交往，她不久也結婚了。就這樣，我新的人生旅程即將展開，我必須拋開以前那些不切實際的想法。正值青春期的各位，若被指責你目前的生活全是做夢綺想的，想必你會很不高興，但只要年歲增長，即便那些想法務實的人，也會認爲思春期的本質就是如此！換言之，縱使你打算汲汲營營地過生活，都會因爲人生閱歷不足，其追求功名利祿的想法又將等同於活在另個夢境中。然而，正如莎士比亞所言，若人生這塊織布是以夢想織就的話，那麼活在夢境中的思春期，終究是人生中必經的過程吧。

至於，我的思春期結束後的各種經歷，已不是我向讀者們披露的範圍了。因爲那些如思春期般的各種性事祕聞與談情說愛的問題，那些僅屬精神上的自我陶醉已跟我漸行漸遠，我愈來愈無法感受到人生底蘊的喜悅。話說回來，身爲小說家，我必須在工作上，捍衛思春期之前那些天馬行空般的想法，以及風花雪月的生活。因爲對於作家而言，自己成長過程中的經驗，永遠是小說創作汲取的源泉。

在社會上，我們經常聽到「失去童心之人」云云。此話的意思是指，嘲笑並徹底否定自身思春期之前的各種行爲思想，而過著理智、平凡、世俗的生活這種乏味的人。

回想起思春期，確實使人難爲情，正如想起臉上的青春痘。刻意忽視或忘卻這青澀羞赧的歲月，人反而無法成長。只要活著，它就是生命的全部，任何丟臉害臊的事情，對人生都將有所裨益，不久它就會轉苦爲樂，化爲愉悅的回憶。因此，那些在思春期厭惡自己，把自身想成是世界上最醜陋的人，隨著時間的推移，他終將體悟那個階段的自己，才是最純眞美好的。不過，這樣說兩者仍有誇張之嫌，思春期的底蘊應該介於它們之間吧。

到現在，我仍爲自己的思春期感到沮喪丟臉，那時缺乏性經驗，又因過度熱衷文學，對人生失去熱情。不過，這有環境因素、時代差異，也有性格的影響，絕不能一概而論。比如，現今有些十幾歲的少年，其戀愛經驗已非常豐富，遠超過以前三十歲的青年。

然而，他們的戀愛經驗再怎麼豐富，也無法一夕間成爲眞正的大人。任何人都無法否定實際年齡。如果僅憑戀愛經驗的多寡，來證明自己是成人的話，那麼人生豈不是太簡單，由那些從不思考的人得到勝利嗎？眞正的人生不是這麼回事！

各位讀者，即使你們的戀愛資歷比同儕遜色得多，也絕不可因此怨恨別人，或加以仿傚。我做個譬喻，那些情場豐富的人，如同擁有許多水果，但他們並未盡享其味，頂多只淺嘗輒止；而你手上雖然只擁有一個水果，卻能充分品嘗它眞正的味道。因此，與囫圇吞棗的人相比，那些能充分品嘗水果滋味的人，其人生要豐饒得多。相信各位時常碰到許多誘惑。而這誘惑的機會，一旦被阻斷，有些人會認爲可能是自己太特立獨行，是自身的問題。然而，那個年代最大的障礙，既不是父母的嚴厲管教，也不是學校的監督，而是那個階段的少年必然如此。換言之，就算你的行爲如何奔放，也無法掩飾實際的年齡。因爲處於那個階段的少年，行爲看似多麼頹靡和自甘墮落，卻也是其年齡特有的羞赧純情和天眞的自然表現。十八歲的青年豈可能變成六十歲的老人呢？

總而言之，各位要忠實於自己的年齡，無論你的行爲是否狂放不羈，重要的是，你應該相信並順乎那個年齡該有的各種作爲。順其年齡的本眞，才是人生中最美好的收穫，絕非到了七八十歲才能有結果。換句話說，十七歲有十七歲的果實，十八歲有十八歲的芳香。活著就是要永遠忠實於自己的年齡，刻意加以抗拒和抹消，等於沒有眞正美好的活過。

正如我經常提及的那樣，思春期的少年最爲叛逆。他們厭惡受到限制和規範，討厭自己的青澀年華，既張揚恣肆，又憎恨和羨慕大人的穩重，渴望異性又輕蔑異性，渴望讀懂哲學又鄙夷所有的哲學，千尋百覓就是找不到自己的平衡點，而這正是思春期的特徵。因此，我這個過來人說得再多，對正值思春期的各位也毫無助益，因爲每個人各有自己的道路。

德國作家歌德說得適切，在人生的旅途上，有時未知反而對自己較好，已全知悉卻毫無助益。然而，回顧我的思春期，大部分受制於戰爭時期的儒家教育思想，但我仍要爲自己遭受各種極度的壓抑和恐懼苦悶感到不平。儘管現今的社會有許多不良少年，但也有些十幾歲的少年，對學習和讀書以及研究抱以狂烈的熱情，有的既會玩樂又學業優異，有的不但熱愛讀書，又有不遜於大人的行動與勇氣，想到這些少年奔放的思想，在在使我羨慕不已。話說回來，我們雖然沒有擺脫對性與愛的諸多偏見，卻也帶來意外的發現。各位讀者從最近的言論尺度開放的雜誌和朋友那裡，獲取了許多性方面的知識，其通曉的範圍比我們的時代可說既多且廣，各種誘惑的機會也相對增多。不過，從我本身的經驗來看，比起從汗牛充棟的書籍中認識性與愛的面向，不如向個人體驗借鏡。換言之，那些滿坑滿谷有關性方面的著作和電影，往往比不上從異性身上所學到的。尤其對少年而言，學習認識異性，意味著在學習人生。

於是，爲了使我的思春期沒有挫折而順利地成長起來，我甚至激進地認爲，只憑性教育仍嫌不足。我不得不覺得，它應該像古老農村和漁村的體制，一切順其自然，豈不是最爲理想？這是我對性教育方面的幻想與期待。可是這樣的觀點，我終究只能向同年男孩說說，不敢公然向女孩子提起。依我看來，讀男校的少年，有關性方面的基礎入門，可以請比他們年長的聰明美麗的女性來教導。畢竟，並非所有的少年都是放蕩而衝動行事的，爲了協助那些自我封閉、忸怩不安，甚至對做愛全然不知就結束思春期的少年，絕對需要那樣的女老師來親身傳授。

我看過一部名叫《茶與同情》的電影，劇本是專爲紐約閑裕階級所關心的性事而寫的。有關性方面的問題，其實涉及的範圍很廣，即便你不是弱不禁風的男子，一般的少年不外乎都是羅密歐，平凡的少女即爲茱麗葉，他們總是被自己的性事所困擾，爲此神志渙散、自我厭惡，最後把自己逼到快發狂的境地。在此，我來引用一下劇中女主角和朋友之妻在片頭中的對話。一個是女舍監蘿拉，一個是該校老師的太太莉麗。

莉麗：這所學校的男生們所想的可不只是情色啦、年齡啦……而是在想做愛的事呢！

蘿拉：哎呀，莉麗，妳眞的很喜歡危言聳聽啊！

莉麗：這四百個從十三歲到十八歲的男孩子，都正値青春期耶，妳跟這樣的男孩子們打交道，不覺得有時候很恐怖嗎？

蘿拉：當然不會啦，而且我從來沒想過這件事呢。

莉麗：哈里說，在他們的餐食上摻些硝酸鉀，就可以壓住他們的情欲衝動。不過，那些孩子們根本不把妳的督導當一回事呢。

莉麗：他們完全不懂得女性，來到這裡花了四年時間，同學間只能交換錯誤的知識，不過，這就是他們可愛坦誠的地方。

蘿拉：他們才不會看上我呢！只是裝模作樣罷了。

莉麗：羅密歐不正是這樣的年齡嗎？那些孩子可全是如假包換的羅密歐啊！而且，他們可是一本正經的呀！他們爲了愛情，不管做什麼事情，就算跳入火坑也心甘情願。哈里說，他們甚至在自己的論文最後寫，所有都朝向死亡。

蘿拉：男孩子都是這樣的脾性啊！

莉麗：一旦失敗，就尋死！遇到屈辱的事情，就想不開！失戀的話，也要尋短！眞的令人害怕呀！

想不到劇情中的人物對話，對少年思春期的心理刻畫是如此眞切！這部電影描述一個少年被性愛的問題所困惑，直到女舍監蘿拉善意開導，把他們從性的苦悶中拯救出來。對思春期的少年而言，像蘿拉這樣的女性，是非常重要的。當然，少年也要有所自覺，女性方面，應該對思春期的少年給予母愛般的關懷呵護，向他們伸出溫暖的援手，超越世俗的道德規範，並給予最大的溫情。在現今的時代，日本女性若能如此通情達理，使得理性與男性本能巧妙調和起來，難道終究只會是個幻想嗎？

看來，我提出的解決方案並不切實際，在此向各位致歉。然而，要解決思春期的問題，沒有特效藥。其實很簡單，男孩子只渴望有溫柔的女孩作伴，女孩也希望交到性格溫馴的男孩。若處理不當的話，同齡的女孩就會欺凌同齡的男孩，而男孩也同樣更殘暴地對待同齡的女孩。因爲他們只懂得以叛逆和粗暴的方式來發洩彼此在思春期的苦悶情緒。所以，在思春期談戀愛，有些看似有美好結果，但最終都以破局收場，這都是出於思春期的緣故，不能怪罪他們。這如同人生中需要有老師點化，做學問需要老師指導一樣，我們同樣需要一個對性愛方面知之甚詳的老師。那些正值思春期的小伙子經此開導，若能充分關注如何溫柔地與異性和睦相處，那麼少年思春期的犯罪率也會降低，在此階段即得到性福圓滿的萌芽，將來就能健康快樂地成長。

《明星》口述筆記　一九五七年一月至九月

我青春遍歷的時代

1

我現在過著小說家的生活，至今回想起來，我少年時代無論如何都想成爲小說家的想法，實在是一種奇特的慾望。這種慾望絕非是美好或羅曼蒂克的。總而言之，在我年少的心中隱約有種預感：可能是害怕自己無法適應這個社會的緣故吧。如今情況不同，只要當上小說家就能致富，當年是不可能有這種空想的。

我的文學歷程究竟應該從哪裡談起呢？在校期間，我曾經稍微參與過文學活動，這暫且按下，先從二次大戰期間我與日本浪漫派的文學淵源說起。

我的確曾與日本浪漫派有過往來。當時，有兩根線把我與日本浪漫派聯繫起來，一根是學習院的恩師清水文雄[1]，另一根線是詩人林富士馬[2]。

我的小說被推介到社會上，全託清水老師之功，我現在的筆名是他起的，也是他把我的視野引向了日本古典文學。清水老師是研究和泉式部[3]的名家，岩波文庫版的《和泉式部日記》正是出自先生的校勘審訂。

那時，齋藤清衛博士的門生，諸位日本國文學者創辦了《文藝文化》的雜誌，成員同仁有：蓮田善明[4]、栗山理一[5]、池田勉[6]、清水文雄等。他們都是日本國文學界中的新浪潮[7]。我的處女作《繁花盛開的森林》，就是在先生的引介下，在這雜誌上發表的，後來還邀請我參加他們的同仁聚會。

《文藝文化》的出刊，帶有明顯的戰爭期間的指導性理論與國家總動員的功利目的意識，同時它亦是捍衛柔弱的日本古典美學的堡壘，但它強烈地排斥和批判西方的理性，使得其主張有些矛盾與武斷。但現今讀來，它不大像戰爭時期的雜誌，意外地刊登了許多閒適的文章。我信手翻閱該雜誌一九四三年七月號，目次如下：

1 清水文雄（1903-1998），日本文學教授。
2 林富士馬（1914-2001），日本詩人。
3 和泉式部（生歿年不詳），日本平安時代中期的女詩人，代表作有《枕草子》等。
4 蓮田善明（1904-1945），比三島由紀夫年長二十一歲，曾激勵三島應懷抱為天皇戰死沙場的理想，亦是個能將日本古典精髓詮釋到當代語境中的傑出學者，後來被征入伍，在馬來西亞自殺。
5 栗山理一（1909-1989），日本文學教授。
6 池田勉（1908-2002），日本文學教授。
7 新浪潮（nouvelle vague），一九五〇至六〇年代一群法國導演團體引領的文化現象。

其中〈祭祀忠魂〉援引了《續日本書紀》的卷頭語；〈那智〉是一篇詩作；〈久爾能麻本呂婆〉爲古語的語源考證；〈衣通姬史話〉則是反時代的散文，文中提及「所謂文學即婉約之文的別稱，正如所有的花兒都是柔弱的。」；〈達磨歌〉是以文學筆觸所描寫的藤原定家傳；〈枯柳之枝〉則是悼念日軍玉碎阿圖島[8]的隨筆。

刊載如此內容的雜誌，竟然能在那樣的時代裡順利出版，委實令人不敢置信。當然，那要歸功於所有同仁的堅忍自衛與努力，在同仁之中，蓮田善明的思想最傾向右翼，栗山看似較爲超然不受時代潮流的局限，多少有些玩世不恭。之後，蓮田善明於日本戰敗後，自殺身亡，貫徹了自己的思想。有關蓮田善明的死，〈蓮田善明及其死因〉一文，均有詳細披露，它曾在小高根二郎發行的雜誌《果樹園》連載。

他們都很感佩佐藤春夫[9]、保田與重郎[10]、伊東靜雄[11]等人的文學成就。在聚會席上，經常提到這些作家的名字。於是，我開始蒐集保田與重郎的著作，比如《一個戴冠的詩人》、《日本的橋》、《和泉式部私抄》等。至今，我仍認爲它們文體之優美實在罕見，儘管有些文意總糾纏於邏輯推論很難理解，可是其文體終究最能忠實地傳達出那個時代的精神面貌。

最令人驚訝的，當屬「浪漫派的文藝評論」，每篇文章皆充滿劍拔弩張的銳氣，論者隨便舉出的作品都能剴切弊病，足見社會上無用作品之多，令人倒胃口。不過，這本書卻攪亂了我的文學野心。

後來，我終於有機會與這位神祕的保田與重郎會晤了。

8 美國阿留申群島最西端的小島。阿圖島戰役是二次大戰中唯一在美國領土的陸上戰鬥。這也是日軍進行太平洋戰爭以來第一次的玉碎戰術，讓美國人見識到日軍寧可自殺也絕不投降的瘋狂鬥志。

9 佐藤春夫（1892-1964），日本詩人、小說家、評論家，曾於一九二〇年到台灣旅行，將此體驗寫成《霧社》、《女誡扇綺譚》、《殖民地之旅》等。

10 保田與重郎（1910-1981），日本文學評論家，又是「聖戰觀點」的支持者，詩歌用語朦朧晦暗，但是其思想對年輕的三島由紀夫過於偏激。

11 伊東靜雄（1906-1953），日本浪漫派最傑出的作家、詩人。

2

記得我去拜訪保田與重郎，乃是我去請託他來校演講的時候。之後回想起來，覺得很奇妙，他給我的印象與川端康成非常相似。這個在自家客廳裡接見訪客的主人，話語不多，聲音低沉，稍微帶著京都大阪的口音，臉部的表情很少變化，文靜得彷彿對什麼事情都不感驚訝似的……這大概與其出生地的特性有關吧。加上初次見面，這兩位文學前輩都穿著和服，他們給我極為酷似的印象。以川端先生為例，同他的文學比較起來，他給我的印象沒有太大落差，但保田與重郎卻使我特感意外，因為在我的想像中，他是一個高談闊論，唯我獨尊般的人物。

保田說，在本多秋五[12]的《日本戰後文學史話》（三卷本）中，曾引自刊登於《火神》雜誌之中的對談，其中我曾講過有小偷潛入了女子學習院偷便當的事情，可我對此全無記憶！由此看來，我必定是個善忘又話語輕佻的人吧。

我還記得那時我這樣詢問：「保田先生，您如何看待謠曲（能樂的唱詞或腳本）的文體？」他回答：「嗯，其文體宛如自古以來織就的錦緞，像當時的百科辭典般的文章。」

保田的這個回答，使年少的我非常失望。或許出於極度失望，因此我印象格外深刻，可這話對他而言，諒必造成不少困擾。因爲當時我開始迷上日本中古世紀的文學，尤其是謠曲其絢麗的文體，隱含著末世的思想，它透過有限的言語，表現對美的抵抗；這種極度雕琢的華麗語言，必然帶來一種絕望感，所以我很期待身爲浪漫主義者的保田對此說點立意新奇的話。然而，對一個談及小偷偷便當的事情而沾沾自喜的青年訪客，他當然沒有義務給予鄭重回答。

——大致說來，我仍不脫愛撒嬌的少爺脾性，與其說我喜愛接近我崇敬的人，不如說自己希望受到寵愛。在我印象中，對保田與重郎、佐藤春夫、萩原朔太郎與伊東靜雄等，我只拜訪過一次。

在中學時代，我時常與學長坊城俊民通訊，每天都寫上厚厚一疊談論文學

---

12 本多秋五（1908-2001），日本文學史家，代表作《物語戰後文學史》。

的書信，我還與學長東文彥、德川義恭創辦了《赤繪》的同仁雜誌。此外，多半是藉由《文藝文化》的機緣，才得識了外界的文學同好——詩人林富士馬。

我這樣說有點不好意思，因爲我是經由林富士馬，才眞正懂得何謂典型的文學青年的。林富士馬當然是個風格卓越的詩人，而且亦如戈蒂耶[13]的回憶錄中那樣的浪漫派文人，正因爲如此，我才知道文學與文壇中存在如此眾多的精神食糧。之前，母校的文學氛圍只能算是半吊子，其實所謂的文壇只與白樺派[14]作家們的豪華客廳互通往來。

當時，洋溢著對文學的憧憬，把包括佐藤春夫在內的浪漫派作家的日常生活，說得傳奇神現，狂熱地打聽各種八卦消息，在糧食匱乏的東京，藝術家卻嚮往華麗而頹廢的生活方式……這些現象全體現在林富士馬的身上。他的周圍聚集著幾名年輕的詩人。其中有些是激狂之人，格局很小卻充滿眞切的浪漫派的氣氛。這是我在母校的文學交際中不曾體會到的。

「眞好啊，……是吧，這些地方才顯現出佐藤春夫的本色呀。眞不錯啊。」林說。我之前並不知道有這樣的表現方法，從肉體的角度來描寫一個作家。

我爲什麼這麼容易就與詩人們交好呢？因爲我少年時代寫過蹩腳的新詩，曾師事川路柳虹[15]，並認爲自己是詩人，別人也多半信以爲眞，但這似乎是出於自己與別人的誤解與錯覺吧。至於，我是如何從這個夢中醒來，其中經緯在我的短篇小說〈寫詩的少年〉中，皆有詳寫，在此不再重述。

3

既然每日過著這種文學的生活，期待有朝一日出版自己的書，亦是人之常情，加上一旦被抓去當兵，生死難料的情況下，想撰文紀念這二十年的短暫生

13 戈蒂耶（Pierre Jules Théophile Gautier, 1811-1872），法國作家。

14 日本現代文學重要流派之一，主要以創刊於一九一〇年的文藝刊物《白樺》爲中心的作家爲首，他們主張新理想主義爲文藝思想的主流，該派的代表作家有武者小路實篤、志賀直哉等。

15 川路柳虹（1888-1959），日本詩人、評論家。

涯的想法就日益強烈起來。

這樣說，聽起來似乎十分悲壯，但我必須承認，當時的學生之間，充溢著這種文青式的虛無主義氣氛，十九歲的我不僅想法單純，在文學上的表現，多半為隨附時局的趨勢。現今重讀《繁花盛開的森林》初版的序文時，就感到不自在，雖然文中寫的不全然都是自己，但是在這些文字中，我發現到自己或多或少的投機主義者的影子。

一九四四年的晚秋，我的處女短篇集《繁花盛開的森林》，於七丈書院出版社刊行。這大概是七丈書院被筑摩書房合併之前最後的出版品吧。出版這樣一個無名作家的短篇集，全託《文藝文化》諸位同仁的美言，以及仰仗富士正晴[16]的鼎力相助。

直到現在，富士正晴仍是不斷提攜年輕作家的名人。他這樣做完全是無償的付出，對於與他毫無關聯的我而言，他竟然如此慷慨地賜給我意想不到的佳機，眞是隆情厚意。儘管在那以後，我與他沒有任何交往，可我永遠銘記這奇妙而明朗愉快的記憶。

後來回想起來，富士正晴在戰爭期間已展露出某種戰後作家的思想特質了。不知什麼原因，這小個子的青年與幾家小出版社頗有交情，他帶著我匆忙又事務性地於戰爭末期的東京街頭走逛。他與林富士馬不同，不做文學評論，說話很快，操著大阪口音，偶爾找人開開玩笑，之後他在《維京號》雜誌上走紅，繼續貫徹其幽默的精神。他是個很活躍的人，卻不顯露其活力的傾向，他閃爍著無畏的目光，卻不忘記韜光之志。依我看來，富士正晴可說是戰爭時期日本浪漫派與活力旺盛的關西式戰後精神之間極其自然的橋樑。

不過，像《繁花盛開的森林》這樣無足輕重的小說集，竟然得以在早已空襲的東京出版？當時，出版書籍必須先確保紙張的配額[17]，我記得在申請表格上羅列了諸多冠冕堂皇的措辭，比如「為了護持皇國的文學傳統」等等。總而言之，用紙配額的許可批准下來，七丈書院使用了像棉紙的高級黃色內頁紙，

16 富士正晴（1913-1987），日本小說家、詩人。
17 因戰事搶占去所有資源，幾乎找不到紙張印書。

封面由德川義恭設計，他描摹尾形光琳[18]畫作的折扇作爲裝幀，極其典雅好看。或許這本小說不值得出版，但《繁花盛開的森林》，終究還是問世了。那是一個出版品匱乏的時代[19]，首印四千冊，上市一週內，即銷售一空，我感到何時死亡亦沒有遺憾了。

當然，在那樣的時代，文壇不可能有什麼迴響，但在許久以後，當我在看到戰爭末期很多人買了那本書談及讀後感之時，我才了解到在當時的情勢下，出版這種書是多麼的突兀。

我那時正在大學就讀，隨時接到徵召令都不足爲奇。

在這個時期，豈止我一人生死難料，連日本明日的命運也無從推測，我個人的末世悲觀論，與時代以及整個社會的末日氛圍，居然如此罕見地完全疊合。我沒有滑過雪，不過那種感覺，大概與急速滑降的不可思議的快感非常相似吧。

處於少年期與青年期階段的人，最喜愛自我陶醉，爲了自己可以做無限的想像，包括世界的毀滅，而且幻想的鏡面愈大愈好。二十歲的我，無所不能地編織夢想，比如自喻為薄命的天才、日本傳統美的最後繼承者、頹廢派中的頹廢派、極盡墮落的末代皇帝、還有美的敢死隊……這種瘋狂的想法愈來愈高漲，最後我甚至幻想自己就是室町時代（1336-1573）的足利義尚將軍的化身，因而開始撰寫「最後的」小說〈中世紀〉，因為我隨時可能接到徵召令被迫中斷寫作。

4

我的小說〈中世紀〉，是從我向保田與重郎請教有關謠曲的文體時，即念茲在茲充滿著末日美學的作品。當時，我參加大學的軍務勞動，前往中島飛機場時仍沒停筆。之後，作品中所用的宴曲和青年們的名字等，經由中世紀的專

18 尾形光琳（1658-1716），江戶時代的畫家、工藝家。

19 在「書荒」的年代裡，三島由紀夫傲視群儕，很快成為當代最著名的文壇新人。

家多田脩史的建議有所改訂，因此與初稿有兩三處不同。

承蒙中河與一[20]的引介，〈中世紀〉在《文藝世紀》雜誌上連載，與此同時，幸得野田宇太郎[21]的關照，我的短篇小說〈獵人耶思蓋〉，也在《文藝》雜誌上刊登，《現代》雜誌又來邀稿，我寫了〈菖蒲前〉，在空襲猛烈期間，我的文學世界逐漸展開擴大。

一九四五年早春，徵召令捎來之際，我患了支氣管炎而發高燒，後來被誤診為胸膜炎，旋即令我返鄉。有關這些經緯，前文已多次重述，在此從略。在徵召令將到未到之際，我始終感受到一億玉碎[22]的局面必將到來，因此我將每篇作品都視為遺作來寫。我於跨越戰爭末期續寫的〈海角的故事〉，正是其中的作品之一。這種氣氛對我的心靈造成很大影響，現在，我之所以感到隨時可能爆發核子戰爭，或許是出於過去某個時期的情感體驗而投射到未來的吧。

二次大戰結束已十七年，我卻尚未有現實的感覺。如果說這是因為我太過於憂患，那亦是我的性格所致，沒什麼話可說。然而，明天可能因為空襲而毀滅。事實上，經歷過空襲那種昨日存在的東西今天卻消亡的時代，它給人的印象之強烈，僅憑十七年的時間是難以抹滅的。

戰爭期間，我始終以自己的感性支撐著。至今回想起來，似乎有些愚蠢，但在當時，這是無可奈何的生活方式。

話說回來，人的記憶是不可靠的。去年，清水文雄老師於某文學全集的月報上，發表了我寄給他的明信片。我在明信片上這樣寫道：一九四五年五月，我待在神奈川縣高座郡的海軍高座工廠，向老師報告說我在桌旁擺了《和泉式部日記》、《上田秋成全集》、《古事記》、《日本歌謠選集》、《室町時代小說集》、泉鏡花的小說等五六冊。另外，還以謠曲的文言書信體翻譯了葉慈的獨幕劇。

這種事情我不可能造假，或許真的翻譯了，可我完全沒這個印象。倘若真有譯出的話，大概是那篇〈在鷹泉〉吧。以當時或現在我的語言能力來說，我

20 中河與一（1897-1994），日本新感覺派的小說家。
21 野田宇太郎（1909-1984），日本詩人、文藝批評家。
22 指一億日本全體國民壯烈犧牲。

的譯文必定很粗劣，可能半途就作廢了。

僅此一例，也足以說明葉慈和戰爭末期的時代不是簡單的結合，我並非要把不能連接的東西，努力去把它們結合起來，而可能是我拚命地想要捨棄當時的現實，我身旁已經沒有文學的交際活動，因此盡可能投注於小小的孤獨之美的趣味吧。我總覺自己隨時都可能死去，分外地珍惜生命，每次警報聲響起，膽大的戰友仍照睡不誤，我卻抱著剛落筆的文稿，躲進了潮濕的防空洞裡。我從防空洞口探望出去，遠方遭受到空襲的城市景象美極了。火焰在高座郡夜間的平原上映現出各種色彩，我宛如在觀賞遠方那如壯烈的死與毀滅的盛宴般的篝火。

在這樣的日子裡，我的確有踏實的幸福感。一來不需擔心就業問題，二來不必煩憂考試，雖說配給的食物有限，但自己不需操心未來或為此負責，所以我覺得這生活過得幸福，在文學上也很滿足。既沒有出現評論家，也沒有競爭者，只有我獨自享受著文學的樂趣。……至今我還把這種狀態當成幸福，大概很難避免被人詬病在美化過去。儘管如此，我仍盡可能地正確地回憶，因為那時期我不覺得那樣的自己是一種負擔。換句話說，我生活在無力狀態中，我的文學教養全來自舊書店（事實上，戰爭末期用錢也只能買到舊書而已），我住在一個小而堅固的城堡裡。——然而，隨著戰爭的結束，不幸卻猛然向我襲擊而來。

5

戰爭結束後，我仍夢想著成為小說家，但是要以筆耕為生，我畢竟毫無自信。正如常人的想法那樣，我尋求著兩者兼顧的路徑，處於在校念書與創作並重的時期，我過著平凡的法律系學生生活。不像現在有誘惑年輕人的各種享樂，也沒有遊樂場所，學校下課後立即回家，沒地方可逗留，不過當時外面的社會卻處在狂風暴雨中，文壇正迎向疾風怒濤的時代。

其實，我很渴望躍上這時代的浪尖上，但戰爭時期許多文學小團體內對我的評價如泡沫般消失了。戰爭末期，堅信自己才是時代象徵的夢想也遠颺了。

我才二十歲，竟發現自己過早地淪爲時代的落伍者。對此情形，我感到茫然無措。我向來鍾愛的拉迪蓋、王爾德、葉慈，以及日本古典文學，它們全與時代的時尚扞格不入。實際上，這種說法有些誇大其詞，因爲戰爭期間個人的嗜好反而是被允許的。然而，戰後的日本社會，各種思想與藝術理念如洪水傾瀉而出，凡是不符合其品味的想法，全部遭到無情的打壓拋棄。戰爭時期，我這個在小團體中擺弄天才架勢的青年，於戰後只是個無人問津的軟弱學生而已。

那時候，我得知合併七丈書院的筑摩書房，搬遷到水道橋與御茶水之間面向電車道旁的舊大廈的二樓，我便帶上了《繁花盛開的森林》、〈中世紀〉和〈海角的故事〉幾份文稿到那裡。

事隔十多年以後，我才知道這個笑談。後來，年長的朋友當時擔任筑摩書房顧問的中村光夫[23]說，他讀了這些稿子，給它打了負一百二十分。那樣的稿子當然見不到天日。雖然我數度打聽，但都沒有下文，我終於把稿件索了回來。面對這樣的事態，二十歲的我幸虧有母校的訓練，方能如此自信地採取貴族般冷靜自持的態度。與此同時，我不得不這樣想：我只有踏實地用功當個官員，除此別無他路了。

當時，新雜誌不斷出刊，但多半只熱衷採用著名作家的稿子，期待新銳作家的時代尚未到來。永井荷風[24]、正宗白鳥[25]等大作家的作品，宛如許久未嘗到的高級白米那樣，以新鮮的魅力回饋著讀者。

我回到拉迪蓋的文學起點，寫出了第一部長篇小說《盜賊》，這部作品後來使得川端康成苦惱不已。一九四六年正月，我初次拜訪川端康成時，隨身帶去的稿件是〈中世紀〉與〈香菸〉。由於《文藝世紀》已然停刊，因此現下只有〈中世紀〉的開頭部分排版而已。

我為什麼有勇氣拜訪川端先生，至今已記不大清楚；對於不持介紹函即不敢拜訪著名作家的我而言，表現出如此蠻勇，必定是基於某種鼓舞力量促成的。我聽說川端先生讀過我的《繁花盛開的森林》和《文藝世紀》刊載的〈中

23 中村光夫（1911-1988），日本評論家、劇作家和小說家。
24 永井荷風（1879-1959），日本小說家，代表作《濹東綺譚》、《斷腸亭記》等。
25 正宗白鳥（1879-1962），日本小說家、劇作家、評論家，著有《寂寞》等。

世紀〉，並向某人稱讚此作，這番話的確成了我心中最大的依靠。

當時，川端先生租居在位於鎌倉大塔宮後的房子，房子爲薄原有明所有，他等於與房東同住的形式。在沒有公共汽車的時代，我只好從電車車站步行而去，一走進客廳，已坐滿了訪客，那時川端先生主持鎌倉文庫[26]，並創辦了《人間》雜誌。之前，我只知道過著單調的學校與家庭生活，這時才初次接觸到文壇旺盛的活力。

新出版社如雨後春筍般冒出來，要求重印川端先生舊作的出版社蜂擁而至，此外，我還看到了川崎長太郎[27]和石塚友二[28]等。對文壇陌生的我而言，當我看到川崎先生穿著長筒膠靴蹣跚回家的身影，還以爲他是個賣魚郎呢。

一九六三年的今天，川端先生一如往常坐在正中央，他的表情極爲平靜，沒有任何變化，默然端坐在那裡。

6

不久，傳來了好消息，承蒙川端康成的推薦，我的小說〈香菸〉刊登在《人間》雜誌上。我立即趕往了鎌倉向他致謝。至今，我對此事仍記憶猶新，畢竟那是我的作品首度被介紹到「戰後的」正統的文壇上。

的確，那時亦傳出要刊登〈中世紀〉的消息，這眞是意想不到的雙重喜悅。爲了再斟酌〈中世紀〉的文稿，我要求暫時退還給我，當我把它放在膝上翻閱，恰巧久米正雄[29]來訪。在川端先生的引薦下，久米正雄從我手中接過稿子，快速地翻閱起來，他只讀最後的一行，我記得他如此說道：「歸思方悠悠。嗯，很有學問啊！」

26 川端康成和文友們創建的出版社。
27 川崎長太郎（1901-1985），日本小說家。
28 石塚友二（1906-1986），日本俳人、小說家、編輯。
29 久米正雄（1891-1952），日本小說家、劇作家、俳人，與芥川龍之介交誼甚篤。

想必是我這個成長於戰爭世代的學生，居然引用起漢詩來，而惹得他不禁「微微苦笑」的吧。

如此一來，我已經可以自由進出鎌倉文庫了。有時大學下課後，沒什麼事我就到大廈二樓的筑摩書房出版社逛逛。他們爲我引薦了《人間》的總編輯木村三德，承蒙這位罕見的「讀者」，他對我的小說技巧上，給予了諸多指教，讓我增添不少信心。我刊登在《人間》上〈準備之夜〉和〈春子〉等早期作品，說它都是與木村共同創作也不爲過，因爲我都是依照他細緻的提點改寫或增訂的。

依我看來，新銳作家和文藝雜誌編輯的關係，猶如拳擊新手與資深陪練員的關係那樣，能夠得到木村的提點，我實在很幸運。然而，得此幸運的作家不只我而已。至今，文藝雜誌編輯和年輕作家之間，仍保留著這種超越利害關係的傳統，這種精神若不存在，文藝雜誌這種賠本的行當，就失去存續的理由了。在此，我苦口婆心地提出忠告：隨著傳播媒體的發達，年輕作家對編輯變得唯唯諾諾，或者若在政治利益有所往來，那只會更貶低自己的文學生命而已。

新銳作家被人說「你等著吧」的苦處，最近我才深切體會到。這種現象，不論過去和現在，都沒有改變。即使告知要刊登新進作家的稿子，多半只是作爲應急的備用稿，每個月快到截稿之時，大作家和流行作家的稿子湧至，年輕作家的作品，立即被挪到下一期。我原以爲〈香菸〉將於三月號出刊，卻推遲至七月號才面世。我不便經常向他們催促，但看到每月《人間》雜誌的新聞廣告，都很失望，腳步自然朝鎌倉文庫走去，他們知道我的來意，因此總是讓我在會客室裡久候。

大學下午的課程結束以後，我來到日本橋，在這裡的會客室裡，觀察戰後的文壇盛況，也是很有意思。也曾遇到過菊池寬[30]，他帶了一名身穿當時罕見的毛皮外套的中國美女前來，並且頻頻向她推薦說：「我告訴妳啊，他的小說寫得眞好，這回寫得可是傑作呢！」

30 菊池寬（1888-1948），日本小說家、劇作家，創辦文藝春秋出版社，代表作《珍珠夫人》等。

每個人都很勤奮工作，看到這番情景，足以證明新時代的活力。雖然日本已經戰敗，可不必擔心遭到轟炸，言論自由和企業的成功同時並至，公司裡的每個員工，無不傾其全力為工作奮鬥。儘管如此，我卻經常感到茫然無措，懷疑起眼前的現實來。之前自己掌握到的現實飛往何處了？不久前我還這樣忖想：今後我大概再也看不到這種辦公室裡的和平光景了。但才半年的功夫，竟然可以變成這樣子！那時候，我只能從會客室眺望窗外荒涼的廢墟方能得到些許慰藉。

〈香菸〉刊登在七月號時，由於期待太久，我多少失去了感激之情。而且坦白說，這篇作品也沒得到重視。我再次感到失望，又開始研習（德國）法律了。

7

或許約莫在這個時期，我和太宰治有過短暫的會面，無疑的這件事情必須紀錄下來。

儘管在戰爭時期，我的交遊並不熱絡，但戰後倒有幾個文學上的朋友。

「在《人間》雜誌上寫小說的三島。」

這是我當時的頭銜。其實，要以這個頭銜成爲一名自由奔放的作家很容易，但膽小的我卻連這個也做不到。我少年時代師事的川路柳虹先生的兒子川路明，現在是松尾芭蕾舞團的領軍人物，那時他是個性格剛強、喜歡炫耀的青年詩人；現在社會黨的麻生良方是眉目清秀的不良少年，曾出版過詩集《黑薔薇》；劇作家矢代靜一，則是最早向我傳達年輕人對太宰治的作品極爲狂熱推崇的人。此外，還有身材豐滿的三十歲女詩人等等，各種不可思議的人物。只是由於我在戰爭時期的偉大夢想已然消失，以致於覺得眼前的眞實，都只能感到悲慘，儘管我還很年輕，卻沒有盈溢著青春活力。

太宰治是在戰後翌年的一九四六年十一月來到東京的，他發表了各種著名的短篇之後，其小說《斜陽》一九四七年夏天開始於《新潮》雜誌上連載。

在這之前，我在舊書店找過他的《虛構的惶惑》，讀過其三部曲和〈鄙俗的青年〉，但開始閱讀太宰治的作品，或許是我最糟糕的選擇。那些自我戲劇化的描寫，使我為之反感，以及作品中散發的文壇意識和負笈上京的鄉下青年的野心，再再令我無法接受。

當然，我承認他那罕見的文學才華，或者是出於我的愛憎因素，他卻也是令我生理上反感的作家，因為他是刻意把我欲隱蔽的部分暴露出來的那種類型的作家。許多文學青年，在他的作品中，找到自己的肖像而興奮不已，我卻急忙地別過臉去。但直到今天，我仍持有都市出生之人的固執和偏見，哪怕稍微想到「負笈上京的鄉下青年的野心」，都會讓我深深不以為然。在那之後出現乍看下像都會派的時髦新銳作家，他們散發出來的習氣同樣令我無法忍受。

我周圍的青年們，對太宰治為之狂熱推崇，直至《斜陽》發表時達到了頂點。為此，我變得愈發固執，公開表示我討厭太宰治的作品。

《斜陽》發表之時，社會以及文壇上為之熱烈，這大概是因為當時沒有電視和缺乏娛樂活動，使得文學性的事件容易引來大眾的關注。今日，諸如這種全體社會對文學的狂熱現象，幾乎令人難以想像。與當時的情況相比，現在的讀者太過冷靜自持了。

我也立即拾閱此書，可第一章就讀不下去了。出現在作品中的貴族，當然全是出自作者的寓意，儘管他描寫的不是現實生活中的貴族，但既然是小說，或多或少得有「像眞實的」呈現。但在我看來，不論從人物的措辭或是生活習慣，都與我二戰前見聞的舊華族階級竟如此天差地別。光是這點就令我厭煩至極。比如，貴族的女兒把「廚房」說成「灶腳」；或者「母親的用餐方式」等等。其實，正確說法爲「母親大人的進膳禮儀」才對。還有，他以爲作品中的母親本人凡事都需使用敬語，因此連自稱也使用敬語：

「和子，妳猜猜看母親大人現在做什麼呀？」

除此之外，他還描寫她在庭院中站著小便！

——舉凡這些描寫，使得我對太宰治文學的批判愈發激烈。因此，有些朋友覺得讓我與太宰治見面是件有趣的事。諸如矢代靜一及其友人早已經常進出太宰治的住所，他們隨時都可以帶我去。

8

至今，我已記不得是哪個季節造訪太宰治的，只記得《斜陽》連載剛剛結束之時，似乎是在秋季吧。至於，帶我前往的可能是矢代靜一及其文學同好、後來早逝的原田吧，我連這亦記不清楚了。

那次，我好像是穿著條紋和服。平常很少穿和服的我之所以這樣打扮，是因爲我把造訪太宰治視爲盛事。誇張地說，我的心情宛如懷裡暗藏匕首出門的恐怖分子。

其住處似乎在一家烤鰻魚鋪的二樓，我登上昏暗的樓梯，一打開拉門，只見六坪左右大的房間內一群人坐在昏黃燈光下。

或許那時燈光很明亮，但在我的記憶中，一回想起戰後時期「讚美絕望」的氛圍，我總會覺得榻榻米是起著毛邊的，燈光必須是昏昏然。

太宰治和龜井勝一郎[31]並坐在上座，其他的青年們則散坐在房間的四周。經由朋友的介紹，我寒暄了幾句，旋即被請到太宰治跟前的席位上，並得到了一杯酒。我覺得，現場籠罩著過度溫馨的氣氛，宛如相互信任的祭司與信徒的關係，大家對他的每句話語都很昂奮，並且頗有默契地分享這份感動，等待著下一個啓示。或許這可能出於我先入爲主的偏見所致，可是房間裡倒是眞的洋溢著甜蜜的氛圍。簡單地說，那種「甜蜜」的氣氛，與時代年輕人的撒嬌不同，而是那時代特有的、令人哀婉而感容的、充滿著自己才是當代的思想的自豪，那種灰暗傷感的……亦即典型的「太宰式」的灰暗情調。

來這裡的路上，我始終在尋覓將心中想法一吐爲快的機會，因爲若沒能把它說出來，此行便毫無意義，自己也將喪失文學上的立足之處。

然而，慚愧的是，我卻以笨拙、欲言又止的口氣說了出來。也就是說，我當著太宰治的面前這樣說道：

「我不喜歡太宰先生的文學作品。」

在那瞬間，太宰猛然地凝視著我，身子往後退了一下，露出了措手不及的

31 龜井勝一郎（1907-1966），日本評論家。

表情。不過，他立即側身傾向龜井那邊，自言自語地說：

「你即使那樣說，可你終究來了。所以還是喜歡的嘛，對不對？你還是喜歡的呀。」

——於是，我對太宰治的記憶到此爲止。或許這跟我尷尬地匆促辭別亦有關吧。就這樣，太宰治的面孔從二戰後的黑暗深處突然貼近我的面前，旋即又退到暗黑之中。他那張沮喪的臉龐、猶如受難基督之容、所有意義上的「典型的」面孔，從此沒有出現在我面前，消失而去了。

如今，我已是當時太宰治那樣的年齡，多少也可體會到他當時被初次見面的青年批評「我不喜歡你的文學作品」的心情了，因爲我也曾數次遇到這樣的場面。

我曾在意想不到的地點，意想不到的時間，遇到一個陌生的青年走來，他歪嘴微笑著，神色因緊張而蒼白，他爲了不失去證明自己誠實的機會，冷不防地對我說：「我不喜歡你的文學作品，而且令我反感！」碰見這種文學上的刺客，似乎是作家的宿命。坦白說，我不喜歡這樣的青年，不寬恕這種幼稚的行爲。我很有風度地笑著避開，佯裝沒聽見的樣子。

要說我與太宰治最大的不同，或者確切地說，我們之間的文學差異，在於我絕不會說：「可你終究來了，所以還是喜歡的嘛。」

9

與現今的年輕作家相比，我之所以覺得剛出道的時代要幸運多（大概是由於我初登文壇沒有很風光的緣故），因爲那時我可以很悠哉地從事文學創作，不像現在這樣，得了芥川獎立即就被捧得天花亂墜。當時文壇之外有兩三種週刊雜誌，中間小說[32]又不盛行，也沒有推理小說和電視這些東西……有的只是許多競爭激烈的文藝雜誌，也就是說，我能夠依照「純文學」短篇教學的稿約，慢工悠閒地寫作。比起現在來，雜誌的編輯要悠然得多，當時幾家專門刊

32 介於純文學與通俗文學之間的小說。

登中間小說的雜誌，同樣是可以發揮文學所長的地方。年輕作家登上文壇之後，直到成爲商業活動的寫手，往往需要很長的時間。我於一九四六年初登文壇，但開始爲婦女雜誌撰寫連載小說，卻是在一九五〇年。

——話說當時，我曾經被人詢問是否加入共產黨呢。邀我入黨的小田切秀雄[33]，大概早已忘卻此事了。那時候，他或許只是隨口問問吧，但卻讓我印象分外深刻。

那次，我在某個座談會上，第一次見到了小田切秀雄。座談會結束的返家路上，由於我們同個方向，便一齊走到地鐵銀座站，在等候電車時，他這樣對我說的。

地鐵車站有些髒污昏暗。或許是談起什麼話題，他確實若無其事地用溫和的口氣說：

「你不加入共產黨嗎？」

他就是用這樣的口吻，話語中充滿著如牧師勸人信教般的誠懇。我依稀記得，當我聽到這樣的邀約時，頓時驚愕得說不出話來。這時候，電車剛好駛入站台，其轟隆聲把我的愕然呑沒掉，車廂內又很擁擠，我們被眾多乘客擠散，談話就這樣中斷了。

現在，大概也不會有人到我這裡來勸我加入共產黨了，開開玩笑則另當別論。至今回想起來，我仍然印象深刻，因爲有人曾經以此篤實的口吻勸我入黨呢！回到當時的時空背景下，這只是微不足道的小事，但那時我若應允又會是什麼結局呢？

有此經驗，我感到個人政治立場的形成，有時不光是出自確切的思想和深刻的人生經驗，偶然因素或其他意外狀況同樣發揮著重大的作用。現在回想起來，我的政治立場並不可靠，與其說是我自己選擇立場，毋寧說是由各種偶然因素發生作用，或者有某種力量促使我變成這樣的吧。因此，另一方面，我也不免這樣認爲：反正政治觀點就是這麼回事。

在我的記憶中，太宰治總讓我聯想到他最忠誠的奴僕——田中英光[34]，他的

33 小田切秀雄（1916-2000），日本文藝評論家。
34 田中英光（1913-1949），太宰治的門生，日本小說家。太宰治自殺後，精神深受打擊，從此吸食安非他命自我麻痺，後來於太宰治的墓前自殺，送醫途中身亡。

身影總使我想起已遷移至茅場町的鎌倉文庫的新辦公室前、飽受強風吹襲的都營電車站。哎，又是車站。

傳聞那時候的田中英光已在吸毒和酗酒，而且他又是個六尺多的壯漢，我曾見過他一次，但我只從遠處警戒地向他點頭微笑，他亦對我微笑示意。那是炎熱的日子，他脫掉外套拿在手上，白色襯衫被風吹得鼓鼓的。由於我們保持距離站著，所以沒有任何交談。有時我不禁這樣想，田中英光如此熱衷文學和政治，卻因爲感傷和頹廢搞垮自己的身體，是不是搞錯人生的任務啦？他只要安安份份地划槳，應該不會發生什麼意外。我反過又想，即使他成了小說家，但是他的性格剛烈，若由他強硬逼太宰治來划船，又將會怎樣呢？爲什麼神祇要給這六尺高的壯漢如此軟弱的心靈……？

每次思及此事，我心中總會泛起深沉的感傷。後來，田中英光踉踉蹌蹌地登上電車離去，那是我看見他的最後身影。

10

既是創刊號，同時也是停刊號的雜誌《序曲》，於一九四八年十二月出版。在所謂戰後派文人精誠團結的這冊雜誌出版之前，我跟那些戰後派作家已漸漸有所往來。我出席《序曲》全體同仁的座談會時，他們在談什麼，實在不知所云。這樣的座談會，只能以杯盤狼藉來形容，而這種情況和氛圍以前就已存在。

我是否屬於「戰後派」作家，我也不得而知，但以當時的氣氛，沒有被貼上「戰後派」的標籤，同樣會被視爲落伍的舊文學；至少在年輕作家之中不會承認這種所謂的中間型態，或者獨特的存在。在這樣的風暴下，我的基本信念是，既不討厭舊文學，也不追求新文學。輾轉回想，直到現在的十五年間，我在內心仍叨念著：

「不討厭舊文學，也不追求新文學。」

因此，我始終覺得「我世之春」仍未到來。

至今回想起來，與其說當時是創作豐收的年代，不如說是近代文學史上未曾有過的盛行評論的時代。當時，我尚未具備評論家的才能，凡事憑感覺說話，憑感性做判斷，因此，對所有的事情都是莫名其妙和含糊不清的。在戰後的文學時代，儘管預示著各個流派的對立，但從某種意義來說，它亦是相信「我世之春」終將到來之人的時代。

在這些流派之中，對我來說較爲親近的是「詩歌朗誦會」的團體。在我看來，他們打從戰爭時期就極力捍衛著美的教養，由於戰敗而未能實現，其心情宛如更換新幣時財產突然遭到凍結似的。儘管如此，我不吝於對這些勇於展現出「不合時宜的」美感與詩的教養的作家們給予鼓掌。我這種心情，猶如連我的舊幣亦受此之賜而增值了起來。

只是，在我觀察之際發現，他們的行動充滿政治性，而且又是堀辰雄的門生，我便暗自覺得不妙。當然，堀辰雄絕對是出色的作家，身染疾病仍孤高自持，所以這也是潛在的原因。一般而言，倘若沒有這種俗情，大概也寫不成小說。從「詩歌朗誦會」成員們詩意的打扮，以及與文壇的互動來看，確實有些扞格不入。我初次見到加藤周一[35]與中村眞一郎[36]，是在《光芒》雜誌舉行的座談會上，與會中有數名女性的讀者代表，但那次並非嚴謹的座談會。加藤周一其檢察官似的眼神令我畏懼，他每說一句，全場人士便像被訓示的頑皮學生安靜下來。與加藤周一相比，中村眞一郎來得溫和，平易近人。

座談會之中，偶爾談及殉情的問題，但並非針對太宰治的殉情事件，我曾口出狂言：

「年輕人敢於殉情求死，這不是件美事嗎？」

直接掀出了戰爭時期浪漫派的本色。

「可不能這樣說呀。你的想法太極端啦。」

中村眞一郎立即露出爲難的表情，提出各種反駁，聽起來像是概論式的人道主義的說教，由此我敢斷定：

35 加藤周一（1919-2008），日本文學家，代表作《日本文學史序說》等。

36 中村眞一郎（1918-1997），日本小說家、文藝評論家，代表作爲《四季》等。

「這些人不認同暴烈之美。」

「這樣又豈能懂得能樂和新古今集的精髓？」

我並非想批評現在的中村眞一郎是「不認同暴烈之美」的作家，我只是盡可能想喚起當時的感想而已。因爲那時我對任何事物都是憑直覺且武斷的，主張感性而爲，堅持一種頑強而非邏輯的習性。

11

說到與「詩歌朗誦會」的來往，我對福永武彥[37]和窪田啓作[38]的作品頗有好感，但是對《方舟》雜誌那種自以爲是的法國情調尤爲反感。這種法國情調，若像堀辰雄的作品那樣敝帚自珍的話還好，問題是，「詩歌朗誦會」高舉著「他們的文學評論最頂尖」的三色旗，其氣焰更令我大爲光火。比如說，他們極力讚美法國小說家對政治是多麼關注等等，可是我始終認爲，法國與日本國情不同，不可一概而論。

其實，我當初有過這樣的想法：如果可以跟他們多做深入的交流，或許自己會更精進。只是，那時我想成爲法學士，又自知邏輯性不足，不只在言說方面，在小說創作上同樣有此缺點，因此我不時惕厲自己必須更爲嚴謹才行。從這點來看，或許我在無意識之間，已然接受這些裝腔作勢的前輩們的影響了。

——不久，巖谷大四[39]開始在鎌倉文庫編輯文壇上名聲響亮的《文藝往來》雜誌，這個刊物開始接納舊文壇式的年輕作家，因此我的交友範圍也跟著擴展開來。「咦，原來文壇就是這麼回事呀。」對此，我愈發覺得有趣。我偶爾也被邀請至作家聚集的酒吧，但我不喜歡酒席上粗言暴語的爭論。

我不記得當時是在哪家酒吧，但其中神田的咖啡館兼酒吧「蘭波」最有特色。

戰後文學與這家店有密不可分的因緣，在凹凸不平的磚地上，各處擺著植

37 福永武彥（1918-1979），日本小說家，著有《死亡之島》、《風土》等。
38 窪田啓作（1920-2011），日本法國文學家。
39 巖谷大四（1915-2006），日本文藝評論家。

物盆栽，白天店裡暗淡，有個女侍非常綺麗。那時候，由科克托的劇本《悲戀》改編的電影剛剛上映，片中謎樣的女主角瑪德萊娜・索羅歐紐的韻味與那女侍非常相似，只是金髮與黑髮的差別。

我對戰後作家的印象，都與這家店有所關聯，就算在其他地方發生的事情，直到現在，我亦覺得是在這裡發生似的，眞是奇妙啊！

比方說，當時喝得酩酊大醉的椎名麟三[40]說：「哎，我已經傷痕累累，倘若爆發革命的話，最先被吊脖子就是我這種人啊！」這句話是他在澀谷的酒吧裡說的。不過，我現在仍覺得這句話應該在「蘭波」說的，這樣來得比較恰逢其所。

又比如，野間宏[41]以溫和遲慢的口吻說：「不是在什麼時候爆發革命，而是革命早已經開始啦！我們都正處在革命的進程中哪。」

他這悲壯的話的確是在其他地方說的，但我還是覺得此話若是由他坐在「蘭波」的幽暗角落的椅子上說出來，更具震撼效果。

或許，眼下埴谷雄高[42]正在其他酒吧飲酒吧。不用說，如果那時他若留在

「蘭波」的話，更能呈現出他的本色來。更何況是，那位戰後派宗師級的大和尚武田泰淳[43]呢。

這些作家都是《序曲》雜誌的同仁。正如前述，《序曲》以極大的聲勢出刊，但出了一期即告停刊，與其說這是戰後文學的衰微，毋寧說諸位同仁已成爲傑出的作家，爲其他雜誌寫稿的機會相對增多的緣故了。也就是說，打從我被視爲古怪、落伍的唯美派時起，經過數載努力，就在要擠入戰後派文學陣營的成員之前，那個據點即告土崩瓦解。如果《序曲》現今仍續秉持當初的精神（這終究只是個難以實現的夢想），那麼戰後的文學發展，或許就不是今天所見的局面了。

---

40 椎名麟三（1911-1973），日本小說家。父母皆有外遇對象，之後雙雙自殺，十四歲開始輾轉從事各種工作，任職於電車車掌時期，加入了日本共產黨。代表作爲《深夜的酒宴》等。

41 野間宏（1915-1991），日本詩人、小說家。

42 埴谷雄高（1909-1997），日本小說家，出生於日治時期的台灣新竹，自小即深有身爲日本壓迫者的罪惡感，有日本杜斯妥也夫斯基之稱。著有《死靈》等。

43 武田泰淳（1912-1976），日本小說家，代表作《發光苔》等。

我當時對此的確有些惡意旁觀，現今卻分外懷念起那個爆發性十足、晦澀難懂的文學興盛的時代。至少那時候我絲毫未能預感到，今天竟會是淪爲如此庸俗至極的時代。

12

我查閱了當時的筆記本，《序曲》的座談會於一九四八年十月六日召開。那天蘆田內閣因「昭電貪瀆案」而全體總辭，向晚的街道上響徹了號外的鈴聲。仔細想來，自從有了電視，我們便不再對號外的鈴聲感到驚訝，這時街上若響起鈴聲，大家必定會以爲它所報非實。

或許這會讓讀者感到厭煩，但爲了回溯我寫第一部小說《假面的告白》時的文學心境，我還是希望詳細談談我身邊的事情。因爲這部小說和數年後我的第一次世界旅行，幾乎可說是我青春遍歷時代的終了。當然，若按吉右衛門[44]式謙虛的說法：「是的，身爲演員自當終生修持。」而我現今三十八歲，無疑地正經歷著這個時代。

一九四八年夏天，我決心辭去大藏省[45]的差事，九月二日提出辭呈，九月二十二日「辭職獲准」。

但另一方面，我開始過著與現代作家類似的生活，接到免職文件之後，馬上向大家告辭，然後去演講和參加座談會。那天晚上與現在相同，我徹夜不停地寫小說。其實，我仍會擔憂辭去公家機關的工作之後，生活維持得下去嗎？為此，我極合理地思索：

「至少現在不成問題吧。」

「但五六年後就不得而知了。」

「不過，為了確保五六年後安然無虞，我必須傾其全力投入最基本的工作。」

44 吉右衛門為著名歌舞伎演員。
45 大藏省相當於財政部門，為日本官僚體制的權力核心。

而且我以此想法讓自己安心下來；還督促自己得更加鍛鍊體魄才行。十月甫到，我立即加入以前的主馬寮的豪華騎馬俱樂部。恰巧正是那時候，我接到河出書房邀寫小說新作的稿約，對我來說，這邀約正是揚帆順風適逢其時啊！

由此看來，我似乎頗能爲自己做心理建設似的。但其實，自從我過著緊張的職業作家生活，與此同時亦感受到精神和肉體衰亡的危機。

那時候，我的文學青年朋友們，同時遭到了死亡和疾病的侵襲，有自殺的、有精神發狂的、也有幾個病歿的，甚至頓時窮到谷底的。爲此，我覺得自己短暫的文學青春亦正急速地褪色而去。此外，那又是開始審判戰爭與戰犯的年代。政界貪瀆案層出不窮，我到檢察廳參觀之際，還看見蘆田均[46]的女婿被捕的情景。當時，有關美占領軍的腐敗行徑已甚囂塵上；比方，如果你到美駐軍某高官的辦公室，他對你冷笑，打開其第一層抽屜，其意爲索賄金額以萬圓單位，打開第二層抽屜，就是以十萬圓單位，打開第三層抽屜，即是以百萬圓單位。當時社會的混亂程度，簡直如末世來臨。又比如，過去曾爲財閥的某人說：如果你明天有訪客的話，就得趕快去借錢，回程時買些自用的肉回來。

在這種狀態下，我悄悄地寫著諷刺性的警句，比如：「管它原子彈再度落下，我都無所謂，我最關切的是，地球的形狀是否因此變得更美麗。」

無論如何，我有種迫切的需求，我必須親自徹底來分析這種早晚使人自暴自棄的虛無唯美主義的根源。

我雖然拚命地寫著短篇小說，其實，我活得很空虛。我時常陷入一種深沉的無力感。一下子重度憂鬱，一下子莫名昂奮，反覆侵擾而至；一日之中，有時覺得自己是天底下最幸福的人，有時又覺得自己爲何如此不幸。我甚至爲「我的青春到底有何意義？不，我眞的年輕力壯嗎？」的問題，而惶惑不已。

13

說到青春的特權，簡而言之，大概就是無知的特權吧。歌德曾說：對人而

46 蘆田均（1887-1959），日本政治家，曾於一九四八年組閣，後因醜聞下台。

言，未知的方爲有用，已知的反而無益。在大人看來，任何人都有他自己的經歷，有不可告人的祕密，有各自的特殊際遇，但年輕人則把自己的特殊際遇視爲是世界上獨一無二的。

一般來說，這種想法適合用詩來表達，但對寫小說不甚適宜。但《假面的告白》卻是我強行把這種想法以小說的形式寫出來的。

所以，在那部小說之中，處處顯露出感覺的眞實和半知半解。有關人性的問題，我鼓足勇氣近乎粗暴地把人們噤口不語的事情全說了出來，並難掩焦灼地試圖把所有的事情同邏輯結合起來。然而，現在我深切地覺得，那部小說正是我託那時代的感召和恩賜方能寫出來的小說。

因此，我寫這部小說之時，很有幹勁和頗費周章，序文共寫了十八種，最長九張[47]，短則一張，幾經思量，最後決定不附序文。

在此之前，我首次試寫長篇小說《盜賊》的情況也是如此，由於我太過激情，使得我的體力分配爲之失衡。先代幸四郎七十歲公演《勸進帳》[48]之時，先在出場的通道上稍作休息積蓄體力，從終場的「延年舞」至退場的「飛六法」，始終沒有給人體力透支的感覺。相反地，他那年輕的弟子們，正値青春旺盛的年紀，在扮演弁慶[49]的時候，到後半場卻氣喘吁吁，這全是因爲沒有妥當地掌控體力造成的。我每次寫長篇小說時，總是想起《勸進帳》這段插曲來。

有關《假面的告白》前半部的密度和後半部的粗糙，任何讀者都可看出其明顯的差異。神西清[50]雖然給予善意的解釋，可我很明白，這是單純的技巧失誤，因爲寫到後半部時，我精神和體力不濟，又太擔心截稿日期趕忙拚寫造成的。

在好不容易完稿之際，我因睡眠不足而眼睛酸澀。一九四九年四月二十四日，我把三百四十張原稿親手交給了河出書房的坂本一龜，地點在作家常去的

47 日本常用稿紙爲每張四百字。
48 著名歌舞伎劇目。
49 弁慶爲日本平安時代末期武僧，跟隨義經討伐平家，成功爲義經打勝了不少戰役。
50 神西清（1903-1957），作家、文學評論家。

神田的「蘭波」酒吧。

我提及這些往事，心情舒坦不少，信心也增強了起來。

翌月，我讀了喜多實[51]的〈隅田川〉非常感動，悄悄這樣寫道：

「我久久地聽著笛聲，古代的悲調在肺腑之間縈繞。那是靜謐而無限的絕望。與之相比，戰後頹廢派的虛無，根本不算什麼。」

自從寫完像要征服內心惡魔似的小說《假面的告白》之後，我二十四歲的心靈中，出現了兩個截然相反的走向：一個就是無論如何都得活下去；另外則是清楚地投向理智而明朗的古典主義。

我覺得自己終於弄懂詩的本質了。那些在少年時代使我激情張揚，之後又折磨我的詩，其實就是僞詩，濫情的宣洩而已。之前，我竟然認爲這才是詩的本質。

此外，我對自己氾濫成災的感性才能已失去了耐性，決心與它做徹底的訣別。

沒錯，正因爲如此，我要閱讀更多森鷗外的作品，藉由他嚴謹正確的文體、冷靜的理智、極盡壓抑的熱情來鍛鍊自己。

「身爲小說家不應該愁眉苦臉。」我甚至這樣想，「小說家必須隨時保有好心情。不論你閱讀斯湯達爾或巴爾扎克的作品，即使在其悲傷的書頁後，都反映出作者的盎然情感。」

我既然身爲小說家，首先就必須是個情感狂放的男子漢。

14

就這樣，我終於成了職業作家，當上了少年時代起憧憬的小說家了。

或許是因爲當時社會對待年輕作家的態度，不如現在這麼熱情瘋狂的緣故，我雖然成爲小說家，可並沒有感受到特別喜悅。極端地說，我的心境就像一個懷疑自己有某種疾病的男人，得知確切的病名之後，而躺在病房床上時的

51 喜多實（1900-1986），能樂樂師。

舒泰之感。至少，我暫時可從苦悶的社會壓力下逃了出來，躲在這與世無爭的部落裡，稍微地喘口氣。

從這時候起，我開始從事另一個憧憬已久的戲劇活動。一九四八年秋天，我寫了第一個獨幕劇《火宅》。

在我看來，與戲劇打交道的有兩種類型：一種是從知性的興趣入門的；另一種是身體力行的，我的情況屬於後者。從孩提時代起，我的祖母喜歡看戲，時常聽她談起歌舞伎，有時送給我歌舞伎座的搖鼓玩具。儘管我對此十分嚮往，世上竟有如此美妙的戲劇，但是大人們認爲這對孩子的教育不好，因此我小學畢業之前，他們從來不帶我去觀賞歌舞伎，這樣，更使得我對戲劇著迷。然而另一方面，反倒是對孩子教育有害的電影卻不予限制，大人的想法眞是奇怪。夏里亞賓[52]主演的《唐吉訶德》、《舞會記事本》等各類型的輕歌劇電影，都是我在帝國劇場看首映的。

中學一年級的時候，我第一次觀看了歌舞伎，歌舞伎座的觀眾不多，上演的是《忠臣藏》，由羽左衛門、菊五郎、宗十郎、三津五郎、仁左衛門、友右衛門等大牌主演。從巨大的幕布升起，我即完全被歌舞伎征服了。直到現今，我仍每個月不間斷地去看歌舞伎。總之，從中學到高中，我是抱著探研的精神和熱情去看歌舞伎。當時我所筆記的各種類型的竹本劇及其重要的情節和台詞，至今我仍記憶猶新呢。

此外，我的外祖母正在學習觀世流[53]的謠曲，她也與之競爭，因此帶我去觀賞能劇，我最初看的是劇目樸實的《三輪》，但光是這樣就令我爲之著迷了。

儘管是偶然的選擇，但出生以來我看到的歌舞伎舞台，竟是如此隆重的「大序」，第一次觀賞的能樂，就是神遊天岩戶的劇目，可說是日本的藝術神衹對我寵愛有加吧。

我完全沒有話劇的素養。我雖然時常拾閱外國的劇本，就是對翻譯的劇本

52 夏里亞賓（Fyodor Ivanovich Chaliapin, 1873-1938），俄羅斯著名歌劇演唱家。
53 能樂的流派之一。

興趣索然，但對郡虎彥不合時宜的戲劇作品甚爲著迷。由於我始終很想做戲劇表演，因此《人間》雜誌特別給我機會，讓我寫了第一部獨幕劇。

剛開始寫這部獨幕劇時，讓我驚訝的是，稿紙簡直大得離譜，它宛如下課後空蕩蕩的運動場，我不知道如何以文字來填滿它。

我覺得，相對於戲劇的寫作，小說創作要可貴得多，因爲描寫和敘述較爲容易，但只透過對話來表現所有的事物，是多麼困難啊！我連寫滿四百字一頁的稿紙，都躊躇得不知所措。

首先，小說中的對話可以略掉（當然如杜斯妥也夫斯基的情形例外），它多半是在展現寫實的技巧而已，但對話則是戲劇的靈魂。如同我早已從能劇和歌舞伎那裡學到的那樣，我必須掌握到其對話的形式。

後來，我吃盡了苦頭寫下三十幾張稿紙的戲劇小品。另外，在劇本中對演員的動作及表情的說明，我則完全仿效郡虎彥的作品，全文以優美的古文體和華麗的辭藻，在《人間》發表，意外地收到俳優座的公演邀請。而且，他們希望由當時在「每日會館」表演的「創作劇研究會」成員擔綱演出，令我興奮不已。

15

一九四九年二月首演《火宅》時的興奮之情，至今我仍記憶猶新。當然，這是小型的研究會，布景道具都很簡陋，終場的紅蓮紅焰等，與我的想像相差甚大。然而，在這個研究會上演的戲劇當中，也有數篇像正宗白鳥《捕獲天使》那樣有趣的小品。而且，像我這樣年輕作家的戲劇，能夠由青山杉作執導，千田是也與村瀨幸子飾演夫妻的角色，可說是豪華的陣容了。

小說在完成交稿後，就可以擱筆，但戲劇則從結束處開始，隨之帶來更大的樂趣，而且這樂趣早已沒有負擔和責任。坦白說，我當時曾認爲有此樂趣是好事嗎？

然而，仔細想來，這種想法很不實在，因爲如果我把整個生活全投注在戲劇上，就不會有此心境了。再說把自己的作品交由他人之手處理，原本就會焦灼不安，上演首日的絕望和憤怒也往往難以釋懷。坦言之，我認識了很多脾氣暴躁的劇作家。事後看來，不知是因爲我不負責任、外行、樂天，或是馬虎成性，公演首日我即體會到出名的滋味了。我雖然是首演的劇作作者，但很久以後我才知道，身爲作者有諸多受限與不滿，因爲這是爲商業演出而寫的。

現今，我爲自己成了劇作家而感到若干悔意。因爲這樣一來，我幾乎完全失去「作爲純粹的觀眾欣賞戲劇」的人生樂趣了。

自從我寫了兩三齣戲劇之後，我輕易就享受到在文壇難以企及的名聲和地位。仔細想來，這種想法實在很無聊，倘若掌控一國的政治和經濟的權力，還有些看頭可言，但有這小小的名聲又有何用呢？若是這樣，倒不如摒棄所有的名聲與社交，安居在書房專注文學創作來的好。

只是，從事戲劇寫作的都以悲劇收場。在這世界上，就算精神最清純的劇作家，只要立志要寫戲劇的話，最終都會敗得灰頭土臉。直到現在，我仍偶爾會想起，加藤道夫[54]就是其中例證。

那件事發生於本稿將結束的一九五一年至一九五二年，我第一次世界旅行之後，亦即旅行結束的數個月後。一九五二年十月，加藤道夫的《襤褸和寶石》由俳優座在三越劇場上演。

說實話，我不認爲加藤道夫是大劇作家和偉大的詩人。但是，我敢說從二戰至今，我接觸了許多作家之中，從未看過像加藤道夫這般純眞和卓越的人。或許，這就是我沒把他視爲大劇作家的主要原因吧。

這個姑且不提，加藤道夫非常期待自己的代表作《嫩竹》能夠公演，可是文學座上演此劇，卻是在他辭世之後。他生前總是飽受惶惶然和憤懣的折磨，這個青年始終希望成爲季洛杜[55]那樣，哪天能寫出璀璨閃耀的劇作來。

《襤褸和寶石》首日上演之時，許多熱愛戲劇的年輕文人都來捧場觀看，但此戲劇特別標榜娛樂性，卻沒有娛樂和輕鬆的氣氛，反倒使得大家啞口無言了。

---

54 加藤道夫（1918-1953），日本劇作家。

55 季洛杜（Jean Giraudoux, 1882-1944），法國作家、劇作家。

任何人都看得出來，這齣戲劇反而呈現了一個純眞青年的受創心靈，完全看不出作者意圖逗笑或給予愉悅的戲劇效果。不如說，這部高舉娛樂效果的作品，正反映出作者壯志未酬的感傷。

換言之，當一個心靈受創的青年出現了，若跟你說，各位請儘管笑吧，這樣說，大家就笑不出來吧。

許久以後，還有件令我難忘的小小事件，就在首日上演的帷幕落下之後發生的。

16

《襤褸和寶石》首日公演那天，正因爲作者的好友來得很多，反而使得幕間休息的互動疏離拘束，或者說作者顯得格外激昂和不安，不知不覺間周圍的氣氛變得冷凝詭異。

當時與現在不同，每齣戲劇首日公演都要隆重慶祝，因此首演一結束，知己好友往往會相邀結件，拱著作者去喝上幾杯。

剛開始，不知去什麼地方，後來有人帶頭提議，便到有樂町專賣壽司的巷弄去。由於同行者越來越多，到那裡的時候，人數多到店內無法容納。於是分成兩批，一批到對面壽司店二樓的包廂，我跟作者一齊上了其中一家的二樓。

就這樣，兩家對向的壽司店，中間隔著小巷弄，對面的二樓也有十人之多。起初兩批人都打開窗戶，彼此大聲嚷嚷，那情景很像戲劇舞台的布置，似乎是對劇情討論熱情未消，彼此在談笑玩鬧。事後想來，我覺得大家特意如此相互嬉鬧，目的就是要避免陷入一本正經地討論戲劇的尷尬吧。

雖說兩家店中間只隔著小巷，但對面的談話內容完全聽不清楚，大聲叫嚷才能傳到這裡來。

斟上啤酒，我們一齊舉杯為加藤道夫祝賀之前，一切還算很好，但此時對面二樓倏然把日式拉窗給關上了。

我看見那兩片拉窗迅然地從左右闔上，因此覺得事情不妙。那兩片白色的日式拉窗，此時出奇的刺亮。時值十月，並不令人那麼寒冷。大家不約而同地看向加藤道夫，只見他臉色大變。

有人說道：「混蛋，他們想說壞話，才關上拉窗。」

本想緩和一下在場氣氛，但口出此言，氣氛變得更僵硬了。因爲出現在對面拉窗背後的身影，正是加藤道夫最信賴的朋友們。

其實，尙未發生這事情之前，我本想就今日的首演向加藤道夫直陳意見，可在這瞬間，我卻說不出話來了。因爲任何人都看得出來，作者因首演失敗心情糟透了。而且他心裡非常明白，我們又何必在他的傷口上撒鹽呢？

任何的戲劇表演，難免都有缺點，我說：「岸輝子飾演的乞丐婆，那奇特的台詞，眞有意思啊。」以此優點來鼓勵作者。之後，我又陪他到澀谷的酒吧，那時恰巧跟那伙人不期而遇。這天晚上，加藤道夫直到最後仍極力壓抑自己的情緒，卻還是掩不住怏怏不樂的表情。

不過，加藤道夫卻在這悲楚的首演一年之後的十二月裡自殺了。那時的精神打擊，經過一年仍未能痊癒，或許這也算是他自殺的遠因之一吧。

自從那件事以後，我下定了決心：戲劇雖美亦不與之同歸於盡。

與加藤道夫相比，我是個滑頭世故、有失純眞的人。然而，不純眞的人自有其罩門，爲此我必須爲自己的心靈披上鎧甲。

戲劇的世界令人著迷，卻又像致命的毒藥。儘管你覺得自己不會染毒，不知不覺間，卻已受到它的侵害了。倘若你相信這個世界上有絕對的誠實，那麼你肯定會吃悶虧的。在紐約，有個美國人很喜愛看戲，可他認爲劇團的演員全是corrupt people（惡棍），所以討厭他們。他這樣直言，亦道出了他的某種心聲。

話說回來，有如菸草的尼古丁，正因爲它有毒才讓癮君子欲罷不能。這是無可奈何之事。以此打個比方，所謂「清新亮麗値得信賴」這類的體面話，也許反而是對戲劇最惡毒的戕害呢。

17

一九五〇年，我二十五歲，依然努力地往返於幸福的山頂和憂鬱的深谷之間。從那時候起到一九五一年年底，我出發到外國旅行之前，我的生活情感始終劇烈地起伏。我經常受到孤獨的折磨，因此嫉恨世間平凡的青春，我認爲自己是「一個怪異而莫名嗤笑的二十五歲老人」。爲此，我時常鬧胃疼。我很想加入捕鯨船前往南極，曾透過報社內部的管道聯絡，但實現的可能性很低。

從這個時候起，我產生了這樣的想法：作品與現實生活把我的熱情分成兩半，其緩衝區——就是日本所謂的社交，我必須做到不再爲它煩憂。我之所以能夠明確地實現這個想法，是由於後來運動已融入了我的生活之中。這裡潛藏著有趣的悖論。每個人都需要有紓解壓力的緩衝區，然後從這裡汲取生活和作品的養分存活下去。後來我才明白，這個最理想的緩衝區，即是「無目的地舒展筋骨」，也就是運動。

一九五〇年初秋，我到某大型書店買書，在書店前的咖啡館陽台上吃冰淇淋。

書店入口處立著一塊布告牌，有許多人駐足圍觀，我以爲是什麼新聞快報，仔細一看，它是中尊寺的木乃伊照片。

這時候，我突然覺得那些進出書店、圍看木乃伊照片的人群，其每張面孔就像是木乃伊。我爲這醜惡感到惱火。想不到知識人竟是如此面目可憎！所謂的智識之士，看起來是多麼醜惡啊！

我對希臘精神的憧憬，原本就沒有動搖過，很可能是在這瞬間，才迸發出這極度厭惡感來的。當然，這也是自我厭惡的反映，是出自一種要調和自我糾結和矛盾的渴望，同時它又是源自於我的精神危機。

後來經過仔細思考後，發現自己大概是誤解了，因爲這種對自身理性的厭惡，其實正是對自身怪物般的豐富感性的厭惡。若非這樣，我找不到自己逐漸成爲古典主義者的精神軌跡。

此時，最能安慰心靈的就是旅行了。我經常前往大島，爲找寫作題材到過北海道。我覺得風景充滿著感官性的魅力。現今，在我小說中的景色描寫，可說與其他作家小說中的情愛場面具有同等分量。

從一九五〇年至一九五一年，我的創作活動可謂旺盛；比如，我投入極大熱情寫完《愛的飢渴》，接著又寫《魔神禮拜》等惡魔般的失敗之作，以及在選題和結構以及文體都很粗糙，便貿然將光俱樂部社長的故事小說化的《藍色時代》等等。一九五一年，我又惡意地寫了情節猥瑣的《禁色》，在這其間，還寫了好幾篇古怪的短篇小說。

在別人看來，也許我的創作量很豐富，可其實，我寫作的節奏已經有點自亂陣腳了。我不喜歡這樣的創作狀態。我並非「振筆成書」那種類型的作家。表面上看，我總是語驚四座或者故作高調的樣子，但基本上我是銀行家型的小說家。你們只要想像最近的銀行裝點透明櫥窗的景象即可。

提及銀行家，我記得托瑪斯．曼[56]這樣說過：

「小說家必須有銀行家的風采。」

從那時候起，它就逐漸成爲我理想的文學追求。雖然他那種德國式的冗長囉嗦、過分細究的描寫，與我的資質相去甚遠。但當時最讓我傾心的是，托瑪斯．曼兼具浪漫色彩的文學，及德國文學特有的悲劇性，因爲他把崇高的藝術風範與通俗性巧妙地調和起來。

18

當時任職於朝日新聞社出版局長的嘉治隆一[57]，是我父親的老朋友，由於這樣的關係，對我很是關照，有機會他總要提拔我：

「你要不要到外國看看啊？」

在當時來說，這是千載難逢的機會。兩三年前，我亦曾計畫到外國旅行，卻以失敗告終。

據聞，青年作家會議要在美國召開，在別人的推介下，我參加了面試。地點在NHK大廈內某個美軍文化機構的辦公室裡，一個美國人問了我很多問題，還測試了我的英語會話能力，若能通過才可以赴美。

我的英語會話能力幾乎交了白卷，我完全聽不懂面試官的問話，他問我：

---

56 托瑪斯·曼（Thomas Mann, 1875-1955），德國著名作家，一九二九年諾貝爾文學獎得主。著有《浮士德博士》、《魂斷威尼斯》等。

57 嘉治隆一（1896-1978），日本政治評論家，於一九四七年起擔任東京朝日新聞社出版局長。

「你的小說屬於哪個School？」

我卻把School（流派）誤解成「學校」。

我回答說：「不，大學是法律系畢業。」

像我這種程度，若能通過才奇怪呢。

那時候，日本還處在美國的占領之下，要出國旅遊簡直比登天還難。若沒特別的門路，根本不能離開日本。如今，文壇某人要去外國必能成行，這與當時的情況相比，恍若隔世之感。

前文已述，對飽受精神危機的我來說，我深切地感到必須去外國旅行。總而言之，一種情緒催促著我：我得離開日本，敞開自己的心靈，重新發現自我。

嘉治隆一是個冷靜自持又親切和藹的叔叔。後來，我寫《鹿鳴館》之時，他對我關愛有加，總是諄諄告誡我說：

「小說家持之以恆的祕訣在於，要不斷地學習，開擴視野，深入研究，這是非常重要的。哪怕每天只學一點點也沒關係，慢慢培養閱讀古典名著的習慣。」

雖說閱讀古典原著談何容易，但是承蒙他的提點，我已養成了這樣的習慣：我身爲職業小說家，每天再怎麼忙碌，仍要騰出時間讀些艱深的書。說來我的文學同行要感到汗顏，因爲他們從未給我這樣的提點。

在他的鼎力幫助下，我獲得了朝日新聞社特派員的資格，朝日新聞成了我的資助者，我才得以踏上環遊世界的旅程。當時，對旅遊者的體檢很嚴格，在聖羅卡醫院，我被令單腳起跳五十次，在美國大使館的櫃檯前，美籍日本人趾高氣揚地朝我威嚇，給我留下了種種不愉快的回憶。不過，一想到能夠出國遊歷內心還是很喜悅的，這點遭遇就算不上什麼苦頭。

一九五一年，我二十六歲，總之已到了獨自闖天下的年齡了。然而，現今想來，在美國占領的時代下，我覺得青年們的精神成長總受到某種莫名的制約。

至今，我仍記得十二月二十四日出發的數日前，川端康成夫婦專程前來寒舍造訪，爲我的「壯遊」（？）鼓勵的情景。而中村光夫站在細雨紛飛的橫濱碼頭上，熱情地給我送行的身影，現在仍歷歷在目。

我在文學上孤芳自賞，輕蔑庸俗的世間，竟然得到這麼多文學前輩的厚愛啊！難怪當我踏上「威爾遜總統號」的巨輪之時，我心裡踏實了不少。

直到出發之前，我仍徹夜寫作。我生平第一次穿晚禮服出席聖誕節的餐會以後，甜美地睡了一覺。翌日起，我每天都過得愉快自在，也不覺得暈船。

輪船快到夏威夷，日光愈來愈強烈，我便在甲板上做日光浴。之後的十二年來，我養成做日光浴的習慣，就是從這時候開始的。我宛如從暗黑的洞穴裡出來，才發現了太陽似的。這是我有生以來第一次與太陽握手。可能是我長時間以來暗自抹殺了對太陽的好感而不自知。

於是，我每天做日光浴，並開始思考如何改造自我。

思考哪些東西對我是多餘的，哪些東西又是我欠缺的。

19

說到我身上多餘的部分，顯然就是感性，而欠缺的東西，應該就是肉體的存在感。我覺得我早就輕蔑冰冷的理智，只希望和承認一種雕像般的、不折不扣的肉體性存在感的理智。可爲了得到這種理智，而得關在洞穴般的書齋和研究室，我可做不到，我必須跟太陽打交道才行。

至於感性呢，在這次旅行中，我要像穿鞋似的穿著它，磨損它，直到把它耗盡。我要盡其可能地穿爛它，使它不能再折磨穿鞋者。

恰巧在我這趟旅程中，預定前往南美和義大利以及希臘等陽光燦爛的諸多國家。

過了北美，在波多黎各住了一夜，我彷彿已經嗅到了其他國家那散發出被太陽烘焦的氣味。在巴西停留了一個月，恰巧遇上嘉年華期間，使我盡情地陶醉在熱帶的陽光之中。我光看到耀眼碧藍天空下的椰林道，便宛如回到久違的故鄉似的。

我這樣描寫上述風光，有點像是羅曼蒂克的旅人，其實遇到了很多出糗又不知所措的事情。尤其在巴黎，我遭街頭收購美元的人詐騙，結果身上所有現金被對方以偷天換日的手法全摸走，害我幾乎身無分文地捱了一個月，諸如此類的荒謬際遇。在這段期間，最令我擔心的是，能否順利前往希臘。

辦妥旅行支票的補發後，我向陰暗沉鬱的巴黎告別，終於趕得上晚春的希臘了。

來到心之所向的希臘，我整日過得幸福又陶然。在古代希臘，不追求「精神」生活，只有肉體和理性的和諧。依我看來，「精神」正是基督教最可惡的發明。當然，這種和諧可能隨時破散，同時在破散的張力之中，亦可發現美的存在。在希臘的悲劇中，人的意志若過於傲慢就會遭到懲罰，我覺得正是對這種和諧的規訓。

希臘的城邦，原本就是那樣的宗教國家，諸神總是提防著人性和諧遭到破壞，因此信仰在那裡，不像基督教中的「人的問題」，因爲人的問題只在此岸。

我這樣的想法，未必是對古代希臘思想的正確解釋，但當時我所看到的希臘正是如此，而我心之所需的希臘就是這種境界。

在這裡，我終於找出自己浸潤在古典文學的原因了。也就是說，我發現了創作美好的作品與使自己成爲美的化身，其實是出於同樣的精神土壤，古代希臘人似乎都掌握著這把鑰匙。由此看來，近代浪漫主義以後藝術家與藝術背離的身影，以及藝術家的孤獨心靈，完全是微不足道之事了。

我如此激昂地繼續寫的，就是返國後執筆的《潮騷》。只是認爲《潮騷》寫得通俗又成功的讀者，又讓我感到心灰意冷，這亦是後來我對希臘漸失熱情的原因之一，但已是後話了。

儘管如此，至少希臘治癒了我的自我厭惡和孤獨，並喚醒了尼采式的「對健康的意志」。我不再是稍有挫折即哀傷自憐的人。我帶著開朗的心情返回了日本。

——如上所述，當時能夠出國旅遊是件很困難的事，因此作家外遊返國撰寫「旅遊小說」已成爲風氣，但我決心不寫這種東西，拒絕掉很多稿約，數個月來沉澱思緒，寫了純日本情節的小說《盛夏之死》。

寫著寫著，我感覺我的階段性創作亦告結束，而下一階段即將開始。我返國後寫的《禁色》第二部，與第一部截然不同。我的寫作速度逐漸放慢下來，隨著緩慢的沉潛，我覺得自己也隨之精進了。

20

如上所述，我青春遍歷的時代就此結束。

從十七歲到二十六歲的十年間，我沒有去參加戰爭，也沒有當過流浪漢。這十年間，最令我記憶鮮明的，要算是諸多坎坷的心路歷程。比起這十年來，從二十七歲到三十七歲的十年間，沒什麼巨大的起伏，正如隨著時間的嬗遞那樣，之後的十年間彷彿過得特別快。少年易老學難成，就是這樣的寫照啊！

我登上文壇之時，被視爲「大正年代出生的人終於也登上文壇啦！」而轟動一時，如今已經來到昭和年代出生與戰後出生的人的時代，大正年代出生的人，恐怕要淪為時代的落伍者了。

許多雜誌消失，許多人死去。各種文學的理想霎時燦爛輝煌，卻又迅然消逝。在這樣的潮流之中，若要堅持自我，此人必定是相當自負的。因此，我寫下這自命不凡的回憶錄，既是要審視我的精神歷程，又有自我警惕的意味。

最近，我在某飯店的大廳，看見了一個陌生人遠遠地朝這邊微笑揮手。我以為他是向別人打招呼呢。回頭一看，沒有半個人影。沒多久，他走了過來，我仔細打量，原來是近二十年不見的同班同學。因為他的頭髮幾乎完全變白了，我才認不出來。

我感到愕然，便脫口而出：

「原來是你啊！想不到你滿頭白髮……」

說到這裡，我猛然閉口。我的同學面帶微笑，不做回答。或許他有一言難盡的苦衷，也經歷過各種滄桑吧。

當時我所受到的衝擊是相當利己性的，腦際中立即浮現出怪異的想法來：

「說不定我得開始面對老年生活了。」

不過，這個衝擊我很快就忘卻了。而這種忘性之快，和對凡事漠不關心的態度，正是老化的預兆，我竟然沒察覺到。

然而，在文學創作上（日本很多藝能界人士都是如此），有時肉體衰老之後，反而有助於藝術青春的綻放。二十幾歲的我，無論如何就是無法描寫青年的心境，如今我快四十歲了，卻可以說已來到能夠描寫青春生命的年齡了。

中村光夫曾說過這樣的精妙之言：

「我三十歲的時候，覺得自己已不年輕了，但到了四十歲，我卻認爲自己還很青春。」

回想起來，在我經歷的時代中，出現過社會的劇變，卻沒有對日本作家形成具體的影響，也沒有在廣大的外延上，使得其思想更爲成熟。如果日本的小說家把經歷各種精神磨難和從歲月累積中得到的啓發，只當成寫作技巧的提升，就未免太可悲了。

所以，我很早就想打破這種想法，不是慢慢拖延到五、六十歲才全部拋棄，而是半途即想把它擊個粉碎。

現在，我已經打從心底不相信二十六歲時狂熱信奉的古典主義的理念了。不過，要我快刀斬亂痲地揚棄自己的感性，固然看似很有氣魄，其實難免有些落寞之感。

因此，我很快地開始思索年輕和青春的荒謬性，但若說「年老」能帶來樂趣嗎，我又無法坦然接受。

於是，我萌生一個想法，無論現在或瞬間或時時刻刻都在思考死亡。對我而言，這或許就是最爲活生生的眞正肉慾的唯一想法。從這個意義上說，也許我生來就是個無可救藥的浪漫主義者。二十六歲的我，追求古典主義的我，以及感覺最接近活著的我，說不定原本即是個冒牌貨呢。

由此看來，我如此詳細所寫自己「青春遍歷時代」的前塵往事，也就不值得相信了。

《東京新聞》一九六三年一月至五月

師生

對我而言，所謂老師，比起歌舞劇的女演員還要神祕得多。我讀小學的時候，曾於午休時間，偶爾走到教職員辦公室，看見那裡的火盆四周放著老師們吃的果醬麵包，當下覺得世界上竟然有這樣的美食。事實上，它與我們所吃的果醬麵包沒什麼兩樣，但正因爲它是「老師吃的」，便覺得格外地美味可口。

從老師始終不理解我這點來看，他本身就是個謎團。因爲我所思所想，完全不能與之相通，因此，我認爲老師是個奇妙的生物。不知爲何原因，我跟祖母、父母、弟妹以及朋友都能溝通無阻，可遇到老師就無功折返。儘管老師們很努力使用「孩童」的語言，藉此與學童進行交流。

我很想聽聽世上的老師如何看待孩子們「不夠天真」的問題，還想追問除去「不夠天眞」的取向之外，老師們是否思考過「天眞」的本質？在我看來，大人得以模仿的僅是「看似天眞」的表象，孩子們的「不夠天眞」絕對是他們無法仿傚的。倘若這個說法站得住腳，那麼大人們所謂的「童心」終究只是大人的自我陶醉。在小孩與老師稍有衝突的地方，孩子們就會像小惡魔般地蹦跳起來。這時候在小孩子看來，自然會認爲老師是高深莫測的，以致於連看到老師們所吃的果醬麵包都無比可口。正因爲老師們的果醬麵包看起來特別好吃，我第一次體會到「尊敬」這種感情的實用價值。

憤世嫉俗的孩子眼中都能仔細觀察到，陪同各家太太到學校的家教或女傭，會評定主人送禮給老師們的多寡而露出鄙夷的目光。他們也看到老師舉起教鞭顯得喜孜孜的手勢，以及老師把人性的愛憎全丟進「教育」這個公定價格中處理，這種無可救藥的迷惘。之前，我從未拂去對學校的老師的敬畏之心。當我受到表揚的時候，便覺得自己有權利去輕視那個老師，並爲此而感到高興。我念中學二年級的時候，曾模仿法國詩人考克多的詩集《停泊之地》中的詩作，寫了一首描寫風塵女子的短詩，投稿給校友會的雜誌。不過，這則短詩被擔任文藝組主任的哲學老師退稿了。編輯委員神情爲難地跑來告訴我：「這篇稿子描寫得太露骨，所以沒辦法刊登。」我趁勢問道：「噢，如果你們願意刊登，你們覺得不妥的地方打上ｘｘ，或一半打上○○也沒關係。」我這個中學二年級學生所寫的作品就算被刪去或留白，若有刊出的機會，我仍會喜不自勝的，但遺憾的是，我這個良策沒被採納。

從那時候起，我開始對老師有著孩子氣般的不信任。不知什麼時候，可能在我小學六年級吧，我便喪失了那股本性的冷酷與傲慢。「不幸」的想法，時常威脅著我。於是，我開始厭惡自己。這時我覺得學校的老師是多麼軟弱無力啊！爲了從少年期沉重的羞恥中捍衛自己，我要以被羞恥折磨過的人爲師並向他討教。然而，學校的老師們全沒有因此感到羞恥。因爲他們總是擺出醫師般的態度來接觸少年們的羞恥。然而，這種治療方法是何其拙劣！因爲每個孩子在少年期爲自己的生理感到自卑，在心理上厭惡自己，這並不是疾病，而是自覺到自己是自己的醫師。

就這樣，我經由Ｓ氏的介紹，請求川路柳虹先生教我寫詩。這位先生當年在美術學校繫著波希米亞風的水珠花紋領帶，昂首闊步的時髦派頭，至今依然令我印象深刻，他非常了解青春期的自卑感及其裝腔作勢的心理機制。若容許我冒昧地說，其實至今這位先生的內心深處仍存在這兩種力量的拉扯。當初，他背靠著敞開的窗扉，窗外是楓樹初萌的美麗庭院，對自稱詩人的少年諄諄教導說：「如果它僅止是在纖細靈感的美名下寫成的文字遊戲，那絕不是眞正的詩歌。」又說：「它需要一股強大的、緩慢起伏的『抒情的浪潮』。至少，在你的詩歌中，還沒有出現這樣的東西。」

這個教誨至今有時仍會在出乎意料的瞬間，從過去的年代回響起來，敲擊我的耳朵。它彷彿在敦促人們要從現代人的自戀中覺醒起來。《尤里西斯》和《追憶逝水年華》兩部作品，把只有現代人才能充分享受到的內在生活故事化了，與此同時，其實它還包含著古代人和文藝復興時期之人不敢想望的「對自我的媚態」。而在追尋自我媚態之前都是如此孤獨而疲於奔命的嗎？我不這樣認爲。我逐漸覺得，這種媚態是現代性中的疾病之一。所謂現代性是一種偏執狂的熱情，它從包羅萬象中採集出來。再也找不到這種渴求自身的時代精神了。換言之，現代性如同一名法拍官，若所有的家具物品沒貼上「現代」的標籤，他絕不甘心罷休。總而言之，現代只存在於現代裡，其結果，就無法區別先入觀念和新的觀念，無休止的循環就此展開。簡言之，所謂現代就是納西瑟斯[1]的時代。而只會助長現代性的感官世界，這些自我陶醉的詩作，就是把自己丟入這個漫無止境的循環中。所謂「抒情的浪潮」的職志在於，將自己置身在彼方的廣大視野中，它如同在航海途中，不只在拍照更著力於造型，在起伏躍動中的靜止剎那間抓住詩歌的感動。

然而，我的詩作向來沒有成就。二十一歲之後，我不再作詩了。自那以後，我就很少接受柳虹先生的教誨。不過，在學校眾多師長當中，只有清水文雄老師對我特別關照，他是我的良師。他教我作文和國文語法，我親切地感受到他的教導，是在課外沒有教課關係之後。他把我引進了平安朝的文學世界，我也從他那裡得到古典文學的教養，我至今從來沒有後悔過，不管在戰爭結束的混亂時期，還是現在。我這輩子恐怕再也沒機會體驗，他平靜地把美的考察當作唯一的尺度爲我開啓古典文學的寶庫，這使我爲之震顫感動。我已經讀了若干外國文學的翻譯書籍，不知不覺間學會了用世界文學的視野來審視日本的古典文學。因此，在清水導師的光耀下，我時時刻刻驚異地發現《源氏物語》的原罪主題與希臘悲劇有著精巧的相似，以及《古今和歌集》其非個性的抽象純粹之美。我從清水老師那裡習得這樣的信念：日本的古典文學至今仍銘刻在日本現代人的心靈中。

某個夏日的午後，我在清水老師的家中聆聽他講述有關王朝時代的女性日記。突然，先是刮起一陣怪異的暴風，把庭院折騰得七零八落。原來是午後雷陣雨。接著，那彷彿要摧枯拉朽和劈裂天空似的雷鳴愈來愈近。我向來很討厭雷鳴，每次都讓我的手心和腳底冒出冷汗。我好像有著動物的預感，知道自己哪天會被雷電打中。不過，清水老師只是久久凝望著沐浴在暴雨中的庭院綠蔭，沒有察覺到我的臉色已然蒼白。……我感到又有轟隆隆的閃電襲來，總覺得它像鐵鎚似的朝我頭上劈擊而來。

---

1 納西瑟斯（Narcissus）爲希臘神話故事中的美少年，因愛戀水中自己的倒影，最後憔悴而死，死後化爲水仙花。

我驚嚇得趴在桌面上，直覺到自己八成死定了。那是還沒有遭空襲的時候。……但不可思議的是，就在這剎那間，我彷彿看見了清水老師提及的女性日記中的美麗女主角，當場被青光閃現的雷電擊斃的身影。當然，現實日記中的主角並沒有死亡，可那顯然被迅雷擊斃的美麗妻子和忍苦生涯的種種片斷，都清晰地在我的腦海中展現開來，宛如我的切身經歷。

沒多久，雷雨停歇下來，我們師生互看了一眼，不知誰該先開口說話之際，清水老師竟然說了與其學術造詣不符的輕率之言：

「喂，I式部在日記的結尾，被迅雷打中的時候……」，然後，他突然意識過來，迸笑地說：「哎呀，我到底想說什麼來著，看來我是被這陣雷雨弄得恍神了。」

其實，這樣的口誤可以一笑置之。重要的是，我已從老師那裡習得極其寶貴的閱讀古典文學的方法了。

《青年》一九四八年四月

高原旅館

去年夏天，我因工作的關係，到千瀧的G旅館住了一陣子。

在旅館裡，我最喜歡觀察其他房客的言行舉止。

我到餐廳吃晚餐的時候，看見了一位穿晚禮服的女性。當時，她和一個經商模樣的中年男子和一個約莫五歲的男童坐在餐桌前。我心想，輕井澤應該沒有舞廳，而且她不可能就這身打扮坐火車來的吧？若果如此，想必她是爲了出席晚餐換穿上的。一般來說，在日本穿著晚禮服亮相卻不像跳舞女郎，不是氣質高雅和教養甚高的女子，要不就是年齡偏高的婦女，可她看起來都不像。她的裝扮不好看，一笑立即露出整排的金牙。不過，她全身散發著母性的光輝，親自用筷子夾菜送進孩子的口中。這時候，那雙白色的衛生筷子和晚禮服看起來竟是如此自然調和。

用餐結束，我正要回房間去，恰巧在入口的販賣部遇見了那個女子。因為那名中年男子已先行返回房間，留下她們母子悠閒地用餐。

我跟販賣部的女店員聊天，穿晚禮服的媽媽正彎身探向那個男童說話。男童似乎在鬧脾氣的樣子，她這樣說道：

「是嘛，你想回房間去？好吧，我們這就回去。在房間裡，你想玩什麼遊戲呢？要玩撲克牌接點遊戲？是嗎？嗯，我們就玩這個吧。」

⁝

我房間前的噴水池整天噴湧不歇，使得我入住的翌日清晨還以為下雨了。在我住宿這段期間，遇到晴日的大清早，我便會被噴水池旁傳來的吵雜和哄笑聲吵醒。我走到陽台上工作。陽台前經常有人影走動。噴水池坐落在庭院正中央，它彷彿也自知似的，終日整夜在迢遙的山巒和峽谷村落的遠景前誇示地噴著水柱。有時候風向改變，水花便會打濕下風處的草坪。通常風向是固定的，但偶爾也會噴灑到正對面的草坪上。

那座噴水池似乎很適合拍照留念。它的四周整日遊客如織，除了坐在側旁的長椅上看書和聊天的人之外，最多仍是來此拍照合影的人。比如，幾個歡鬧著的女學生小鳥般地擠在它前面拍照；一個剛結婚的新郎幫站在噴水池旁的嬌妻照相，他拿相機瞄準的身影恰巧落在濡濕的草坪上；還有家長讓正值調皮搗蛋年齡的孩子站在噴水池前面；一對老夫婦聽從拿相機的兒子指示，難爲情似地坐在長椅上。我愈打量那張塗上白色油漆的長椅，便愈覺得它不是普通的東西。它像是生命旅途中所需的布景道具，如同爲上演人生戲碼所準備的那樣。

那些遊客好奇地來到陽台前探看我在寫些什麼。不過，我對他們的舉動不感興趣。他們如同我在東京住家的貓兒，也會窺看我寫作。

「他們全把我看成動物園裡的動物啦。」

我思忖著，不禁苦笑。

「這樣被盯看也不是辦法，我必須回敬一下才行。」

陽台與庭院之間隔著高高的白色圍欄，因此要去庭院，只有繞到玄關。儘管如此，我卻經常攀越這道圍欄進出。

這道高高的白色圍欄，阻隔著寫作的我和在庭院拍照的遊客。然而，我是個小說家。身爲小說家就必須不斷地觀察人群，必須不停地蒐集和豐富自己的情感與記憶。那些遊客根本不需要把今年夏天遊歷輕井澤的事情牢牢記在心底。因此，便有照相機這種方便的發明。他們只需拍下一張相片即可，把那張裝滿人生美好回憶的相片留存在相簿裡就足夠了，他們不需要像小說家那樣，必須反覆地挖掘和回味自己的過往與情感。

眼下在我面前相互拍照的遊客，他們的生涯之中，這個晴朗午後來到高原的遊歷，想必終生難忘。對那對新婚夫妻來說，這是一趟快樂之旅；對那個孩子是難忘的兒時回憶；對那些女學生而言，這將是畢業前最後一個夏天的美好回憶。爲了留住這段記憶，他們拍照留念。按下快門那一瞬間是何等之快啊！爲了追憶未來，他們手持相機佇立不動。在下個剎那間又邁出步伐，這是他們活著的證明。

……但是，我這樣看著到底又算什麼呢？我只是無所事事地觀看人生而已。我難道也算是跟他們一樣活著嗎？

……

每天早晨，有個農夫會牽著一頭配有鞍座的馬來到旅館的玄關前。我一聽到馬兒的嘶鳴聲，就沒辦法安靜自處，立即越過陽台的柵欄，往玄關直奔而去。

不過，牠畢竟不是我在東京騎馬俱樂部騎慣的馬，而且我向來膽小，爲此感到有些害怕。馬這種動物的脾性誰也摸不透，可這就是騎馬的樂趣。我騎上了一頭禿毛嚴重的駄馬，從旅館往右邊的坡路下去。

通常騎馬上坡時很舒服，下坡就使人吃不消了。因此，我決定先下到半路再登坡而上。於是，我從旅館的左邊緩慢地上坡。

然而馬兒似乎搞錯意思以爲要返回馬廄，任我怎麼拉扯就是不願理會，好不容易使牠掉過方向，牠卻困乏地走走停停。由於我的靴底沒加鐵片，手上又沒有鞭子，只能費勁地用小腿猛踢馬兒的側腹。經過這番驅使，也才勉強讓牠快了幾步。

在坡路轉彎處的崖下，有一片泉水汩流的草地。二、三十個來此遠足的女學生就圍坐在遮蔭處。我看不出那些女學生來自鄉下或東京。我坐在馬背向下俯瞰，只覺得她們穿著藏青色制服依偎坐在崖下的樣子，宛如團簇盛開的龍膽花。

返回東京之後，聽到朋友說他女兒看過我在輕井澤騎馬，我的心涼了半截。他還轉述女兒的話說：「三島先生根本不懂得騎馬嘛！」從表面上看來，我對自己的騎馬術還算有自信。我常去的騎馬俱樂部地點較為偏僻，因此見識過我騎馬英姿的人不多。不過，他女兒以後一定有機會見證我高超的馭馬術。

●●●●

法國文學系的Y教授一家人來訪，我在旅館的生活便為之熱鬧起來。

Y教授顯得朝氣蓬勃、話題廣泛，還談到克勞德[1]其實是一個看似內斂卻熱情狂烈的作家。Y教授的夫人是我母親的舊友。教授有兩個女兒，長女十七歲，二女兒四歲左右。他那二千金的體力之旺盛，令人無法招架。比如，在澡堂裡要我模仿蒸汽火車頭，她會咯咯大笑。我要一邊踢著水花，一邊發出「咻咻啵啵」的聲音，喊著「田原站即將到站喔」。當我喊到「大阪站」的時候，我已累得渾身乏力，滿臉全是氤氳的熱氣。

一天早上，教授夫人帶著皮膚白皙的么女邀我一齊騎馬去。我在玄關前跨上馬背，恰巧山邊有兩輛大型巴士下來。

原來是F電影拍製小組的成員們。從巴士走下來的，有幾個是我認識的朋友：作家I伉儷、F製作人，以及S女星。我動作略顯誇張地向這些在旅途巧遇的東京朋友們寒暄問候。他們應該可以接受我在旅途中的狂恣熱情吧。

我與他們告別以後，策馬緩速地登坡而上。坐在馬鞍上的Y夫人擁抱著么女，拉著馬頭悠閒地跟了上來。高原上的空氣清新冷冽，騎馬感覺很好。兩匹馬慢慢地往高處走，遠處的群山翠巒如畫卷般在我們眼前展開。

---

1 克勞德（Paul Claudel, 1868-1955），法國知名詩人、劇作家、外交家，於一九二一年起七年間擔任駐日大使。

「啊，好恐怖喔！」

么女在馬背上尖叫。

「不！我要下去，太可怕了！」

只見媽媽安撫道：

「再走一會兒，我們就往回走啦。什麼好怕的呢？眞是膽小鬼！」

Y夫人是個性情溫和的人。

我們繞過幾個彎處往上走，來到一間像祠堂的破房前停下來。從格子門往內看去，儘管現在是晌午時分，暗黑的房內仍瀰漫著怪異的氣氛。

「人家好怕喔，我們回去吧。」么女再次嬌嗔道。

Y夫人似乎還不習慣騎馬的顚簸，一副疲累的樣子，我趕緊掉轉馬頭，往旅館的方向折返。不過，么女最後還是下來了。於是，Y夫人拉著韁繩以緩慢的速度與么女並肩走過來。那時可能是因爲我有些心浮氣躁，也可能是我想颯然地趕到旅館前庭，向可能還沒離開的拍攝團隊展現自己騎馬的英姿。實在是等不及了，於是，就在距離二十公尺處，我向Y夫人說：

「不好意思，我可以先走嗎？」

「沒關係。」

這時，我的心情才略爲轉好，策馬奔馳而去。就在我過彎的同時，背後突然傳來了驚慌的哭泣聲。我回頭一看，Y夫人摔下馬了，而且那匹馬猛然朝我的方向奔來。我也連忙地折返回去。

Y夫人的小千金之所以號啕大哭，不是爲了Y夫人的名譽而泣，而是擔憂自己媽媽的生命安危。不過，夫人若無其事地站了起來。之後才知道，那兩匹馬原來是一對情侶，牠們已經習慣形影不離。換言之，前面的愛馬先行離去，後頭的馬豈能落單呢。後來，我果眞看見了牠們依偎著臉頰低頭吃草的親密模樣。

我拚命地向Y夫人致歉，夫人腰痛了兩三天。爲此，我有些憂慮地頻頻探問：「您腰痛好些了嗎？」

「當然痛啦，我會永遠記住這窩囊事的。」夫人微慍地說。

然而，我也不認輸地回敬說：

「騎馬出遊就得找行家陪騎，否則蠻危險的呢！」

《旅次》一九五一年六月

以學生身分寫了小說

本雜誌徵文題目爲：「記以學生身分寫小說」，然而，我特別把篇名改爲過去式：「以學生身分寫了小說」，把它界定爲個人的問題。或許我過於鑽牛角尖，因爲本雜誌在徵集學生小說，如果用原來的題目，可能沒辦法有效激勵投稿的學生們。

一九四四年秋天，我進入大學讀書。那是二次大戰結束的前一年。當時畢業的月份尚沒規範，我於一九四七年十二月大學畢業。

我念中學的時候，即開始寫小說，在校內的雜誌和學校老師文壇交遊的文學同仁雜誌上發表作品。一九四四年十一月，經由各位同仁的美言推薦，我把之前所寫的首作短篇小說結集爲《繁花盛開的森林》，交由七丈書院出版。

然而，話題容我就此打住，先談談進大學之後的事情。

我的大學生活恰巧是日本戰敗前後的紛亂時期，因此除了寫小說之外，沒有什麼東西使我快樂。從這點來說，我很同情現今的學生。儘管我說在學生時代是以寫小說來度過快樂時光的，這並非顯示我是多麼卓越和意志堅強。

我不是透過考試進入大學法律系的。而是因爲那年實施內部申請制度，經由各高等學校推薦進入的。所以，要說迄今我接受過什麼考試，上小學時的智力測驗姑且不提，我只參加過高等文官考試而已。

就讀法律系不是出於我的志願，而是聽從父親的安排。但是，入學上過法律課程之後不覺得它晦澀難懂。首先，法學即探索求知欲望的學問，也是一門原理性的學問。這種跨越原理與實際的學問，其實正是沉迷於文學的我所欠缺的，因此反而覺得它新穎。我很努力研讀法學，卻又太著迷於寫小說，我抱持怪異的想法，亦即用欣賞文學的角度來聆聽法學的課程。我很喜歡刑法、刑事訴訟法、民事訴訟法等相關課程。在此之前，我是個頹廢的浪漫主義者（當時文學青年的惡習），現在終於領會到嚴整的法學魅力。從那段時期起，我迷上了森鷗外的作品。不過，從嗜好的改變到自己風格的形成，需要時間的沉澱，之後我花了數年的工夫。因此，可以說我在學生時代的作品多半是浪漫主義的殘餘物。

直到日本戰敗之前，整個社會充滿著末世的氛圍，我卻陶醉於擴展反現實的豪奢和虛華的精英意識。於是，每次遇到空襲的時候，我便被迫地躲在中島飛機製造廠小泉工廠的辦公室，公然地攤開稿紙寫起小說〈中世紀〉來。這所工廠是我大學時義務勞動的地點，我之所以如此逍遙，完全是我藉故病弱被分配做行政的工作。

戰爭結束以後，大學的課程重開，學生的生活步上了正軌，沒有空襲和義務勞動方面的干擾，因此我把生活做這樣的安排：上午到大學聽課，下課後直接返家，也不復習功課，立即開始寫小說。我之所以可以過這種清教徒式的生活，多虧那時沒有像樣的咖啡館，就算有消費也很貴。

我也不做運動，這是長期以來養成的習慣，如此的生活形式，如同回到空襲前的生活。我吸菸卻還沒學會喝酒，也不會跳交際舞。我是大學二年級開始學跳交際舞的，有段期間我把每個週末的舞會視為至上的娛樂。不過，那只是虛應自我的樂趣，只有動筆寫小說最能撫慰我。有關這些事情，我在《假面的告白》均有說明。

毋庸置疑，當時我很想發表小說。幸運的是，我承蒙川端康成先生的推薦，開始在《人間》雜誌上連載，但坦白說這全憑我的僥倖。

在那段時期裡，我最懷念《人間》雜誌的總編輯木村德三先生，而最使我備感親切的出版社，只有川端先生主持的鎌倉文庫，每次下課回家，沒什麼事情我總要到那裡坐坐呢。

當時，要做新的學生制服不容易，戰爭結束之前，我都是向被徵召入伍的學長借。就這樣，我穿著修改過的學習院制服（樣式怪異的學生服），一直穿到畢業。因此，我並不知道大學生時代的制服這般時髦。

我經常穿著那奇特的制服坐在鎌倉文庫的會客室裡。起初，文庫的辦公室設在白木百貨公司的三樓。在那裡，我看見了拖稿嚴重的菊池寬先生的身影，他隨行帶來一位來自中國的漂亮閨女作家，他並大聲地向其他成員推薦她的作品。

剛開始，任何雜誌社向我邀稿，我都欣然執筆，但寫了卻不刊登，使我心裡很不舒坦。新銳作家必須提早交稿，編輯部早晚會刊載出來的，但通常是作爲當月缺稿的墊底之用。簡言之，大作家若來不及交稿，它才可能登上版面，相反地，如果著名作家在截稿前交出，那麼年輕作家的稿子就要一兩個月順延下去。因此，我總會感到惴惴不安，分明沒什麼事情也要到出版社探看。

坦白說，我很喜歡木村德三的小說，他除了擅長寫小說，同時是個出色的美食家和鑑賞家，使我爲之敬服。他讀了我的〈準備之夜〉這篇小說的初稿之後，覺得結構鬆散，因此我重新修改，在重寫的過程中，我愈加覺得木村先生的提點精闢之至。爲了在一九四七年底出刊的《人間》特刊上發表，那年夏天木村先生要我寫篇百餘頁（約四萬字左右）的小說，我拚命地完成〈春子〉這篇小說，並請他先審讀了一遍。在鎌倉文庫的會客室，他直言這稿子寫得冗長的地方。我當然信任他的指正，在他的面前不斷地用紅色鉛筆刪節起來，很快就刪去了二十頁稿紙。最後，〈春子〉刪改成約八十頁左右，自然比初稿來得簡潔洗練，主題亦更明確。

對我而言，在學生時代就能得到文學上的啓蒙恩師，實在是幸運之至。由此看來，所謂小說家的幕後推手，與其說是觀點精深充滿關懷的讀者或評論家，不如說他是個傑出的鑑賞行家。在日本，像這樣的導師甚少。在我看來，作家面對評論家，通常都希望對方給予溫和提點的批評，但這是本末倒置。因爲對評論家而言，不管從何角度來看，作品本身即是他的最佳餌肉。這好比你面對一頭獅子，把一塊難吃的兔肉丟在牠面前，卻哀求牠說它很美味一樣違反常理。鑑賞專家則不同，他除了小說之外，還擁有很多食物，所以他不會把小說整個吞掉的。

在學生時代，我幾乎沒有文學伙伴，很大原因在於我的自尊心作祟，不想交友往來。

在我的想法中，青年時期的友情較爲青澀，遠不像能替對方設想的成年人的友情來得可靠穩定。年輕人的戀情，彼此之間經常發生齟齬，以及不同價值觀引起的衝突，但既然是青春的劇本，就應該由一人表演，人數眾多鬧哄哄的表演，豈不成了通俗笑劇？

當我「以學生身分寫了小說」，多半也跟那些寫小說的學生毫無二致，我也是難掩躁進的焦慮，喜歡鑽牛角尖，總以為只有寫小說才能突顯自己的存在。

之後細想起來，我甚至覺得自己很愚蠢，居然主動地拋棄了那種愉悅，亦即只有學生時期方能享受的快樂！一般說來，學生服就是它的象徵，一旦大學畢業，再穿它走在路上，不是無業遊民就是瘋子，因為那學生服畢業的隔天即會被丟進時間的洪流中。

每當我想起學生這種單純和刻板的概念時，總會為自己是否有學生的特質，有些羞愧不安。因為學生特有的快活、漫不經心、魯莽，以及狂放的激情，在我身上都不存在。毋寧說，直到現在我才發現它的重要性，甚至不擇手段地想把它化為己有。因此，對我來說，看到「寫小說的學生」這個標題，就會覺得彷彿看到自身，說什麼也無法忍受。總之，我就是無法接受寫小說的學生。

當然，現在的學生，在生活上可能經濟拮据，也沒有那種肆無忌憚的快活，更沒有那種荒唐無稽的青春。

然而，看見拚命寫小說的學生，我仍想拍拍他們的肩膀這樣說：

「寫小說固然不錯，但偶爾還是到戶外晒晒陽光。日光不需收費，也不會叫你去買稿紙或昂貴的體育用品。我說同情你們，是因爲你們與當年的我們不同，你們害怕各種享樂的誘惑從中阻撓。不過，那是我的反話。你們到日光下跑步吧，去草坪上躺躺吧。因爲你一旦不再是學生，從第二天起，忙碌的生活將會使你沒機會沐浴陽光。也許你在石造建築的銀行裡工作，也許在大樓裡的辦公室做事；即使當上小說家，你也得在書房裡熬夜寫稿，然後睡到日上三竿、太陽開始西沉時才醒來。總而言之，你必須這樣度過一生。所以，與在青春年華能充分享受陽光相比，寫小說這等事，又算什麼呢？」

另外，我也要對熱衷體育運動而不愛看書的學生持平地說：

「你們很聰明。但是你們應該從生活中撥出些許時間去追求知性，這樣你就會懂得投球、在戶外跑步、跳躍的眞正意義和快樂。你要擁有出色的智識架構，且要擺脫運動員特有的那種近乎荒唐的感傷主義。偶爾還要寫些小說，哪怕技巧拙劣！」

話說回來，我雖做這樣的忠告，其實本身也無法抹滅過來人的幾許哀傷。

在《浮士德》中，有這樣的敘述：

「有時不知道爲好，知道了反而毫無用處。」

《文藝》一九五四年十一月

我心嚮往之

一、魔力四射

我剛開始迷上文學，就是被奧斯卡·王爾德的戲劇〈莎樂美〉中的比爾茲利的插畫所吸引。我之所以受它吸引，完全出於偶然，我也說不清楚何以對它深深著迷。我是個容易惴惴不安的人，所以很可能是出於這種莫名焦灼的緣故。在我看來，那些嚴肅的藝術創作、教化性的作品和道德小說，完全沒有魅力可言。但可以確定的是，那吸引我為之傾倒的魔力，當然沒有王爾德具有的特色來得深切。

之後，我也喜歡上谷崎潤一郎的小說，但是仍很天真又非常感性地追想著惡魔般的東西。我總覺得，我沒有為非作歹的本領，可卻對自身之惡興趣盎然。我就是從這開始關注藝術創作的，所以我時常把美與醜連結起來思考，因爲美的事物，必然包含著羞澀和應該隱蔽的成分。

當初，我開始寫小說的動機在於：想逃避自我、想從自身之惡中脫離出來。因爲我還看不透那些秩序儼然的完美事物。確切地說，正是那些使我害怕，那些混沌莫名的東西把我引向文學之路。

二、經典文學中汲取平靜

然而，我後來發現文學具有的魅力並非那麼簡單。因爲那使我深深著迷的邪念，是多麼天眞且純然官能性的……從深層的精神分析來說，正因爲我少年時代就已被潛意識的官能性欲所俘虜，所以我不得不去追問存在於自身中的惡魔之物（手淫）。我甚至以爲這該不會是因爲日本人星期日不到教堂做禮拜，沒有敬奉上帝造成的？如果我對惡魔之物的關注，沒能與美的事物聯結起來的話，那麼我很可能會成爲一個信仰虔誠的人。

不過，在我讀了許多小說，接觸了諸多藝術創作之後，我逐漸了解到它的本質之美，它的取向原是廣闊而明朗的，恕我故弄玄虛地說：它是普遍存在的。換言之，我愈加發現，儘管它另有深意，但它終究是形式嚴謹內容充滿希望的作品。

彼時，最令我感動的作品是，拉迪蓋《歐傑爾伯爵的舞會》。由於這樣的機緣，它讓我知道除了王爾德小說的失衡之美還存在著和諧之美，除了惡魔性的張狂之外，還存在著阿波羅式的睿智藝術之美。這種情形跟每個人在少年時期，從生理官能的自覺到追求知性生活過程非常相似。在我看來，我們在少年時期突然渴望閱讀哲學書籍，對智識的追求和憧憬，全是因爲內在衝動使然。這好比臉上長滿青春痘的少年，他已感受到自身的性衝動，也知道若沒能妥善壓抑和控制很可能就此自毀前程，這是他那個階段不可迴避的恐懼與自我覺醒。也就是，他若沒有那樣的衝動，就沒有動力去追求智識生活。由此看來，我認爲在少年時期沒有經歷性的覺醒的人，多半是不諳人生的人。

當然我也本能地嚮往過紓解自身苦悶和不安的智慧，拉迪蓋的小說給了我圓滿的答案。一個二十歲的青年能夠妥善處理自身的內在衝突，摒除外來的干擾，如此平靜地創作出含意甚深的作品來，其成功的事例已是個傳奇，令我震撼和驚愕。我們在少年時期閱讀艱澀的書籍，即使已具備相關知識，但仍有不足之處，爲了克服這個障礙，我們始終在這不安狀態之中苦悶掙扎，而拉迪蓋卻能巧妙地解決，如同親手制伏惡龍那樣，在自身之中建立起秩序。由於那時正值戰爭期間，我切身感受到周遭的世界正在逐漸崩垮，儘管政府高喊「萬眾一心」的口號，可我知道我們住在虛假的世界裡，它正一步一步地走向毀滅的道路。

在這種情況下，我閱讀拉迪蓋的小說，他給了我與上述世界對抗的力量，而且當我愈感到時代的快速崩落，我愈能體會這經典作品帶給我的平靜和強力魅力。小說家堀辰雄曾自述道：「在大戰前後混亂的時代，只有拉迪蓋冷靜傲然地寫出自己的作品來，與其他同時代沉淪失據的青年相比，他顯得多麼出類拔萃啊！」對此，我也深有同感。

不過，拉迪蓋的影響到二次大戰後即結束。之後，日本也同樣面臨拉迪蓋所說的混亂局面，這更使我成了拉迪蓋的狂熱信徒。嚴格說來，比起歐洲於二次大戰後的混沌狀態，現今日本面臨的更像第一次世界大戰後的失序局面。

三、博古通今

然而，二次大戰結束不久，我愈來愈少閱讀拉迪蓋的小說。那時候我開始閱讀森鷗外的作品。森鷗外與拉迪蓋不同，他的作品理智儼然。他一生都是理性自持的人，看不起感情用事。雖說拉迪蓋的小說很冷靜，但在其開朗之美當中，不能不說它仍帶有少年轉向青年時期特有的感傷情緒。從任何角度來看，森鷗外從不爲賦新詞強說愁。我正因爲討厭自己多愁善感，所以覺得森鷗外其鄙視濫情傷感、非常冷傲、充滿知性的優越感、隱含近乎虛無主義的作品頗具吸引力。相反來看，我之前認同拉迪蓋的小說，或許是因爲空乏無力的我想用它來對抗戰後的狂飆時代。

森鷗外的作品比拉迪蓋的更難模仿。因爲他的筆觸理性穩重，又是明治時代的文人，在文學造詣上博古通今東西融貫，而且又深諳關於惡魔和所有黑暗面的知識。例如，他的短篇小說〈百物語〉，比我少年時代耽讀的王爾德的惡魔主義的作品，更能讓我窺看到強烈的黑暗。

於是，我逐漸領悟到，在文學上無論是知性的或感性的，或者如尼采所言的阿波羅精神和狄奧尼索斯精神，若不能兼顧二者，便不是完美的藝術創作。因此，我憎恨起戰爭時期追奉的浪漫主義，但也認爲少了浪漫主義的激情，古典主義窮乏無聊。我也終於弄清楚戰爭時期蔚爲風潮的保羅·布爾熱[1]的小說，雖然有其知性的層面，卻沒什麼藝術的力量。拉迪蓋的情況也是，其冷靜的藝術表現，正是以他少年時抗拒浪漫的憧憬做支撐的。我彷彿從「抵抗」這句話發現了藝術的祕密。我所處的時代，正值「抵抗」方興未艾之時，任何人和日本都可以宣揚自己經歷過抵抗運動的時代。因此，處於自由和混亂之中，高舉反抗的火把怒向四方的作爲，似乎成了青年的一種時尚，因爲反時代的潮流尚未降臨。

我從未想過要順應時勢，但的確感受到我青年時期的衝動，我很想挑戰世俗的事物，反對和抗拒既存秩序和固有道德。我試著以古典的形式來表現這樣的主題，因此我開始偏重古典的形式，在我的文學主題之中，變得愈來愈爲抵

1 保羅·布爾熱（Paul Bourget, 1852-1935）法國作家，擅長心理分析小說，作品有濃厚宗教色彩。

抗而抵抗，陷入為反抗而反抗的循環之中。

另一方面，那難以名狀的明亮風格的藝術魅力又在召喚著我。譬如，以音樂來說如同莫札特，以小說而言就是斯湯達爾，還有對希臘藝術的傾慕。我以尼采的目光審視著希臘藝術，不僅發現了沒有陰翳的明亮、冷傲，有時是開朗、活潑和洋溢青春之美，我甚至爲其蘊含的奧祕深深著迷。有時候，我甚至覺得最外在的形式其實包含著最多的深意。因爲我對心理分析已厭倦了，而且也不認爲它可以說出所有人性的問題。毋庸說，描寫人的表面行爲和太陽底下的事物，反而更能顯露出人性的困境和黑暗面。

那時候，我恰巧有機會到外國走走。到外國旅行之際，我對此問題的思考愈加深刻。最吸引我的莫過於表面的事物，而不是心理問題。比如，在巴西的艷陽底下，你是看不到人的所思所想，只能看見地表上的景物反光。又例如，你來到義大利和希臘，那裡空氣乾燥，放眼所及全是已開鑿過的大理石石材，它們表面光滑亮美，沒有投入任何暗影，在旅行者看來，它們彷彿在歌詠，享受著美妙的生活，似乎只活在當下。因此，我宛如被那種看似淡薄的明亮中所包含的奧祕深深折服。而對隱藏在黑暗中、內容嚴峻的民族和藝術愈來愈感到興趣索然。

於是，我狂熱地迷上希臘。我曾學習過希臘語，但因太困難而作罷。在我看來，希臘的藝術精神雖然無法在現代社會中重新復活，但是其理念卻比現代藝術更能啓發我們。

四、奔向徹底的毀滅

現在，若談到我對小說魅力有何看法，我也說不上來，只能粗略地概括。在我看來，任何藝術創作都具有極端的傾向。例如，托瑪斯・曼之所以關注市民的思想情感，正是因爲托瑪斯・曼自身極端看待這個問題使然。托瑪斯・曼一輩子都在扮演市民這個角色。不過，最近我讀其近作〈受騙的女人〉卻有些不同。此小說的主題以前所在多有，即人被自然所瞞騙，無意識間走向毀滅的道路。換言之，總有一股莫名的力量驅使著我們迎向極端，所以，我從不相信所謂建設性的藝術創作，我始終認爲：藝術的根本在於，使人從平凡的市民生活中獲得健全的思想，而且必須徹底地使其覺醒。反之，如果藝術家所做的，與市民所想的完全相同，就創作不出卓越的藝術作品。依我之見，這情況如同，若不把現有的東西徹底摧毀，作品便無法獲得新生。就像希臘的阿多尼斯祭典，所有慶祝豐收的儀式，全是阿多尼斯死後誕生的，藝術作品只能以置之死地而後生的形式來把握生命。從這個角度來看，文學亦具有古代祕密儀式的性質。慶祝收穫必然與死亡和毀滅有關聯，而且它不會就此結束，它必定會重新喚起新的生命。

基本上，我對以上述爲主題的藝術作品不感興趣，對那些狂狷自負和天才的作品興趣索然。這可能是因爲我平常即與這類作品爲伍，自己也如此追想，但我認爲，只有這種追想與奔向徹底的毀滅完美契合之時，方能完成卓然的藝術作品。

譬如，我很喜歡建築式的思想，但是每個建築師都希望能蓋出牢固的建築物來，而不是興建完成即告塌垮的房舍。這就是建築與藝術創作的不同，我甚至認爲，藝術作品的形式有點像建築物，傑出的小說和出色的藝術，其堅固的形體可以撐過上千年的風雨，但建築這個思想本身，或許剛完成即驀然消失了。

我經常以堆積木做比喻。卓越的藝術作品其構造像堆積木，但以玩者的心情來說，他總要堆上最後一枚木塊，看到整座積木垮下來方肯作罷。因此，在我看來，不敢在穩固的平衡中堆上最後木塊的玩者，絕非是眞正的藝術家。那些被稱爲教化傳世的作家，亦所謂理智的作家們，就是沒有這樣的魄力。我始終認爲：就算積木無法承受最後的木塊而垮下來，我依然要把它放上去。儘管積木會嘩啦嘩啦塌掉，但積木本身即是藝術建構的作品。

《新女苑》一九五六年四月

作家與結婚

一個和善的朋友向我轉述，有個女性語態誇張地對他說：「聽說三島由紀夫要相親結婚耶，看來他終究是個平凡的男人嘛！」話畢，其他的朋友接著說道：「沒有人比三島更容易被捕風捉影的了。」

有些人飽受來自社會上的各種誤會，許多人總認爲這種事情不會落在自己身上，但社會上多半是由這樣的人組成的。有些人一輩子看似性情豪爽、風趣、個性開朗，其實他們的性格可能與之截然相反。有些人認爲我性格豪邁，其實卻是神經質的人，或者與前述相反地看待我。從這正反兩面的角度來看，或許這才算是直率的看法。

在社會群體的認知中，通常都會把肥胖者看成是樂觀的人，把消瘦的人當成神經質的人，因此小說家則必須面對讀者的雙重誤解，讀者對作者做各種想像，有些作家正如讀者想像的那樣。在《歐傑爾伯爵的舞會》中，有這樣的對話：「那時候瑪歐看見了安魯，心裡很不舒坦，因爲安魯的表情正如千夫所指般的難看。」

我不高興的時候，我的表情大概也會如上述的那樣，思及至此，我不由得吃驚起來。

這次，他們知道我要結婚，必定又要刻意借題發揮了。其實，我原本不想對這問題多做說明和解釋。不過，我的讀者既然有此疑惑，我當然必須做出回答。

讀者們都在猜想，我要結婚可能是出於孝順父母或其他原因，但我絕不是因爲我的母親愈來愈病弱之故。很早以前，我便對結婚的事情，想出了一個妙策。也就是，我要趁我還自覺年輕的時候結婚。現今，我已經三十三歲，一想到再過二、三年，我已失去青春年華，不禁感到害怕起來。當然，在社會上有些女人，還能接受一個四、五十歲的男人。但是，我絕不會跟那樣的女人結婚。因爲我必須在青壯之年結婚。（眼下我也不知道自己是否還算年輕……）

我還有另一個恐懼：儘管有些男人到了四、五十歲才結婚，可四十歲的男人還單身獨處的話，有的很注重儀容打扮，有的則不修邊幅，總之他們給人慵懶邋遢的感覺。我說什麼也不想淪落成那樣的男人。

我這次預計相親個二、三次，因爲男女雙方是否看上眼，對彼此的任何表情，多半從當場的氣氛中即可判斷出來。當然，至於能否永浴愛河只能等婚後相處才能知曉了……。然而，這等事情恐怕沒有人說得準，眞能事先料中就太詭異了。首先，初次見面彼此頂多只能憑印象和感覺，不可能有更深入的了解。因此，我把女方是否重視家庭生活，列爲相親的首要條件。從這個角度來說，或許我應該迎娶藝術家的女兒爲好。姑且不論雙方收入的高低，因爲不同的職業各有其不同的價値觀。例如，妳生活在作家丈夫只知道徹夜振筆疾書的家庭中，或者丈夫是穿著居家型的棉睡衣，從早到晚喝酒，只憑股市的漲跌即能賺進大把鈔票的家裡，兩種家庭不僅對整體生活的企求不同，對金錢的觀念也大相逕庭。

我之所以要相親結婚是想強調自己的特殊情況。我覺得戀愛結婚也很不錯，我既不是相親結婚的擁護者，亦不是戀愛結婚的支持者。在此，我來說說自己的特殊情況。就我的觀察，通常人們總是對愛情充滿浪漫的想像，其實它受到很大的限制，不可能走得太遠。比如，在木曾山的深山裡，前方的山嶺上來了一名女子，一個男子也恰巧朝她迎面走去，他們在山嶺上邂逅一見鍾情，這樣的事情絕不可能在都市裡發生。簡言之，男女只能在其有限的活動範圍裡選擇對象。所以儘管你想自由談戀愛，但它終究是一種社會制約下的幻想。

我的情況更是如此。我並不是不能大談戀愛。在東京，多的是喜愛文學的女性，我只要報出「我是小說家三島」的名號，必定有好奇的女子聞名而來。我若從中挑選對象，然後大談戀愛再結婚也沒什麼不可。可對我而言，這是荒謬至極的事情。如果我跟這個狂慕的女性見面，自己也誤以爲是在談戀愛的話，社會大眾應該會樂觀其成，但我絕不可能爲了迎合社會觀感而結婚。我仔細思量的結果是，我寧願找某個性格文靜、願意配合我的興趣和包容我各種無理要求的女性。然後，再慢慢地談戀愛，問題是，戀愛本身絕不能談附帶條件，所以最後只好走向相親一途。在我看來，這個想法很理性。事實上，我對戀愛是不信任的，而且愈愛自己，這個疑惑愈深。

之前，菊池寬曾帶著女子逛街，有人便說對方必定是慕名而來的。菊池寬對此這樣回答：「菊池寬這個名號等同於我的招牌，而且這招牌還蠻響亮的，反正那女人就這樣迷上了我。」菊池寬的態度看似義正詞嚴，但我仍不免疑惑，他在內心深處果真這樣認定嗎？至少，我沒辦法這樣下結論。

在日本，文人雅士很受到社會大眾的追捧，因此偶爾會出現些荒唐的錯覺，外國的情況就不同了。試想，馬丁·杜·加爾[1]每天早上拄著枴杖至香榭大道上散步，或者威廉·福克納[2]出現在紐約的街頭上閒逛，大概不會引起市民們的注意。其實，我還曾看見電影明星亨利·方達在紐約的史瓦爾茲玩具店苦等三十分鐘的情景呢，但沒有人朝他多看一眼。這情形若在日本，他的西裝恐怕很快就會被熱情的影迷撕碎。

坦白說，這情況總比乏人問津來得好。有人奉承你當然很高興，有書迷找你簽名，你豈可能拒絕？如果你當場拒絕，毋寧說你在裝腔作勢。一般人愈是被拍馬逢迎愈容易作繭自縛，最後被人貽笑大方。在日本，作家的作品銷路好壞，與其知名度息息相關。莫非這就是日本作家的宿命嗎？

我最討厭社會上的風風雨雨和紛擾了。因此，爲了避開上述的干擾，我必須隨時保持自由奔放的心靈。我跟以前的文人雅士，或者如最近的太宰治和坂口安吾等頹廢自沉的作家不同，我有自己的生存方式。

他們完全是憑藉意念在行動。想要離家出走，就離家出走。爲離婚而離婚，一切都由意念在操控，整個生活全是意念的產物。然而，我從來不把這種意念帶進生活裡，而是任它順其發展。我之所以討厭太宰治，正是因爲他的生活充滿太多意念的產物，我更厭惡這種自鳴得意的文學風潮。

有這樣的軼事。據聞巴爾扎克的祕書說，縱使上帝給了他拿破崙的地位和拜倫的名聲，他也不想成爲一名小說家。試想他陪在巴爾扎克的身旁，看到主人整夜猛灌咖啡提神寫作的生活情景，他當然不希望做這個行當。只是，每個

1 馬丁・杜・加爾（Roger Martin du Gard, 1881-1958），法國小說家，一九三七年諾貝爾文學獎得主。

2 威廉・福克納（William Faulkner, 1897-1962），美國知名作家，一九四九年諾貝爾文學獎得主。

作家難免都要熬夜寫稿。或許有讀者認爲我正過著這樣的生活，至少從精神生活方面來看，我與安吾先生的情況幾乎相去不遠。畢竟，我們是同時代的作家，我身上亦有類似太宰治般的習性。但是我不喜歡如太宰和安吾那樣，輕易地就被看出其頹敗的面向。比如，比較川端康成和太宰的精神生活時，我不知道誰較具有悲劇性格。因爲川端先生既不會自殺，沒有吸食安非他命中毒，也沒有敗光家產，但在精神生活方面，他絕對比太宰先生的更豐富多彩。

有些讀者問說，如果那樣的作家與尋常家庭的父母和妻子共同生活，情況又會如何呢？我因爲向來隨性自在，今後也不會改變太多。

或許有人認爲，我的生活就是一種演技，至於我是向整體的社會表演，或者對自己演示，我自己也說不上來。不過，如果生活就是演技的話，那麼大概很難生存下去。依我之見，要生存下去，做出某種程度的表演也是情有可原。

外界已在傳言，我若結婚成家的話，必定是個完美的丈夫。但是這些假象就可信以爲眞嗎？人存在是因爲具有精神與肉體，上帝還隱喻地說，人有一部分是生存於假象世界裡。相反地說，人若只有具體的存在，豈不是不需要假象的依存。若果如此，那麼他乾脆放棄社會生活和離群索居來得好。在我看來，任何品性篤實的人，無不生活在假象世界裡。從這個角度來看，我最討厭裝模作樣的藝術家。因爲藝術家應該更坦然率眞，故弄玄虛沒有任何意義，頂多只能證明自身的虛空。我們通常對藝術家的印象，多半是長髮披肩，穿著棉天鵝絨西服閒逛的人，但在我眼中，那是十足的冒牌貨。

我經常這樣說，我不喜歡娶個看似深諳文學的女子爲妻。毋寧說，縱使她從不閱讀我的作品也無妨。不過她若讀出興趣來，或者我硬是不給閱讀，她卻在書店買來翻看，我也不反對。然而，我唯獨不希望她批評我的作品。在此我事先表明，我可以做出讓步：她可以閱讀我的作品，就是不能對它評頭論足。

外界批評我的作品如何拙劣云云，我向來不予回應，但是被家人嫌棄，我心裡很難受。我正在寫新聞小說的時候，父親對我說：「你的小說無聊至極啊！」這句話使我沮喪不已。何況被自己的妻子這樣指摘，我更無法接受。

在社會上，有些人可以忍受日常生活中的繁瑣，我卻避之唯恐不及。由此看來，在太太的眼中，或許看似態度冷漠的丈夫比較好。因爲我把全部精力投注於工作（寫作）上，早已超越普通社會觀念的利害得失了。我認爲，只要有助於寫作，即使別人認爲吃力不討好，我吃虧又何妨？這就是我跟一般人不同之處。藝術家若眞的體恤自己，就應該勇於吃虧。

一般人把各種衝突和麻煩引以爲樂的做法，我實在做不來。我更無法理解那些好打官司的訴訟狂，那種花上大把時間和金錢纏訟酣戰的心態。我覺得，那些訟客們的大半生似乎都在追求這種畸形的刺激，就這個意義來說，他們作爲社會的一分子，或許有失職守和缺乏道德品格。

在我讀高等學校的某日，跟朋友搭電車出遊。在車內，朋友恰巧看見一個年輕太太抱著小孩，他向我說：「那小孩眞可愛呀！」那時候，我對他奇妙的想法大爲吃驚。我朋友是家裡的長子，又逢父親早逝，或許是這個因素，使得他很早即有強烈的社會責任感。從那以後，我仍不覺得小孩有何天眞可愛之處。然而，最近我卻很想要有自己的小孩，這個想法愈來愈強烈，首先很希望生個女兒。一般說來，女孩比男孩容易養育，而且女孩天生就比較能耐煩任怨。我曾看過一部《處女奧莉維》的電影。在片中，描述一群住校的女學生，她們在宿舍裡嬉戲玩鬧，從早到晚吵個不停，彼此爭風吃醋、互打小報告，罵來嗆去，看似要弄得天翻地覆似的，其實她們的生活很悠閒愜意。反之，男孩個性懦弱，他們遇到情感紛擾便焦躁起來。我現在之所以心平氣和，正因爲我沒有情感方面的困擾。不久前，我對吉田健一先生說：「你們家很懂得教養小孩啊！」他回答得很妙：「若要小孩安靜又聽話，最上之策即順從小孩的意向。」簡言之，他很細心體察小孩的想法，想盡各種方法，就是爲了不讓孩子變壞。曾有事例指出，如果不把小孩安頓妥當，他們就會來干擾父母親的工作，不把你搞到雞犬不寧方不罷休。所謂天下父母心，當然最疼愛自家小孩了。這的確是亙古不變的道理啊！

我對自己的妻子沒有過多的要求。之前，我已經對此問題做過說明。就我自己的見聞而言，作家的妻子最好是平凡的女性，我把它作爲教育太太的基本條件。至於，她不會燒菜作飯，或不會做裁縫，我從不強人所難。我甚至覺得，她不擅長做家事活，反而是其可愛的地方呢。當然，我也了解，再凶悍的妻子也不可能向報章媒體亂說話。不過，有一點我可沒辦法寬大爲懷：她必須做好對外的關係才行。可是社會最恐怖的是，它們對妻子的角色要求很嚴苛，而且就是要看到這樣的效果。

而作家的妻子要如何幫助自己的丈夫呢？這種事情因人而異，不能一概而論。有的妻子會一齊熬夜幫忙查找辭彙，有的會與丈夫商量穿何種款式的和服。福田恆存先生說：「自己的太太當然是作家最佳的文學幫手。」這種論點誰對誰錯，其實各有各的看法，沒有標準答案。話說回來，我覺得作家終究是無法得到太太的理解，這樣也沒關係。因為我始終相信，縱使沒有妻子的支持，作家還是得勇敢地活下去。

《婦人公論》一九五八年七月

我的母親——我的最佳讀者

本專欄近期邀請幾位作家以「母親」爲題撰文，上個月和上上個月分別由大江健三郎先生以及深澤七郎先生執筆，這回輪到我了。由精神分析的角度來看，要說這三個作家的共通之處，或說世人認爲這三人的相同特點，就是他們都具有相當強烈的戀母情結。我向來主張「作家的才華來自於戀母情結」，因此，能和兩位前輩作家沾上光，我也感到與有榮焉。提到戀母情結，谷崎潤一郎先生無疑是最具代表性的作家，還有川端康成先生、舟橋聖一先生也都有同樣的傾向。在谷崎潤一郎先生那部《永恆的女性》裡，隱約可窺見在他年輕時就過世的母親美麗的姿影。

我母親生於明治三十八年（一九〇五），年輕時是個大美人，現在五十三歲。今年春天，母親生了大病，動了手術。手術前，她央求醫生手術後不能留下縫疤，讓醫生很是爲難。直到她臉部消腫、恢復原貌以後，醫生對她說：「夫人，您又恢復優雅的神采了呢。」母親聞言，相當開心。

我幼時約莫斷奶前後，便被祖母帶到身邊親手撫養長大，這令母親極爲苦惱。在我心目中，母親宛如幽會的對象，也像個祕密的情人。婆媳間的齟齬，加上婆婆霸著孫子不放，種種的辛酸與悲傷，似乎都讓母親頗爲煩憂，可她從不曾在我面前流露分毫。在我的童年回憶中，母親偶爾悄悄帶我出門的時光，有如和情人幽會一樣歡樂而美好。

比方母親帶我去看牙醫，便是一例。母親會來四谷的學習院初等科接我放學，一起去牙醫診所。牙醫診所位於從四谷車站往市之谷那附近。那時是什麼季節呢？我記得好像是春天。印象中，從學校到四谷車站的沿路上有蝴蝶翩翩飛舞。放學後由母親牽著手回去，我欣喜又自豪地心想：要是等一下不是去看牙醫，不知該有多好哇。那天陽光燦爛，學習院初等科的學生們背著書包，一個個由家裡的佣人牽著手往四谷車站走去。有的學生雖伸手讓佣人牽著，卻不安分地故意倒退著走，惹得佣人發愁。那是赤坂離宮前面還亮著瓦斯路燈的時代。

公園的綠樹隨風擺曳，噴泉水花四濺。經過那座公園時，我想起最喜歡在秋天裡撿拾橡實，於是拉著母親穿過了公園。

走到四谷車站附近賣空氣槍的店鋪時，我會把整張臉湊上櫥窗探看。小孩子的鼻子扁，一壓上去，眼睛就緊貼在玻璃上。櫥窗玻璃裡面擺著成排的空氣槍，閃閃發亮，但是家裡不准買。因爲我是家裡人捧在手心呵護大的，不可以拿危險的玩具。

不知是出於有意或無心，我拗鬧著不肯去牙醫那裡，因爲我想和母親像這樣一直散步下去。母親爲了哄我去看牙醫，便帶我去附近的咖啡廳買些糕餅給我吃。那一刻，糕餅的香甜和母親的寵愛交融在一起，我眞覺得幸福極了。至於之後被強帶去牙醫那裡挨受的疼痛，到了今天，我連半點也想不起來。

••••

母親向來十分疼我。我不是母親一手帶大的，母親自然沒必要對我疾言厲色。母親在我面前出現時總是穿著漂亮的和服，溫柔又美麗。學校舉辦家長會時，我很自豪有位漂亮的母親。我不喜歡母親穿樸素的和服去參加家長會。學習院的家長會是一種社交場合，那裡是有錢有閒的夫人們打扮得雍容華貴去交際應酬的場合。我希望看到母親在那裡比別人漂亮，比別人年輕。因此，朋友們的母親若像土里土氣的老太太，我便瞧不起。

我小時候，母親的身體並不好。有一回，一個常來我家的人帶我去看電影，回程的路上和我一起吃飯時，他竟不小心說溜了嘴：

「你也眞夠可憐的。我看，你母親大概等不到你畢業了吧。」

我恨死了他這番話，只管狠狠地瞪著他。幸好這個不吉利的預言並未成眞。但從那一次之後，我總覺得母親非常虛無縹緲，很怕母親下一刻便會消失不見。

那時，我對埃利希·克斯特納[1]的童話《小不點與安東》非常著迷，一直想像著故事裡面的雪泡冰淇淋究竟是什麼樣的甜點。有一天，父母帶我去新格蘭飯店吃晚餐。那間餐廳位於現在的阪急百貨公司最頂樓，當時的東京有現場演奏的餐廳，我想應該只有那一家。我在回家的路上討著要吃雪泡冰淇淋，父母親都不曉得那是什麼東西，傷透了腦筋，我卻一口咬定一定有人賣那種甜點。可我們走遍了銀座，問過一家又一家店，終究沒能吃到雪泡冰淇淋。那時我才知道，原來銀座也有買不到的東西。

母親生於漢學研究者之家，在那裡度過了幸福又多愁善感的少女時期，就和常見的大正時代女孩一樣。通常在少女時期接受的教養——即使稱不上是教養，至少也是一種生活色調，會影響這個人往後的一生，母親如今依然保有大正女子的風範。以前流行過遮耳的髮型，母親也曾挽過一陣子，我覺得那種髮型最適合母親。母親結婚前，正值竹久夢二[2]、岡本一平[3]，以及芥川龍之介等人當紅的時代，亦是在那場大地震[4]前，充滿著甜蜜耽美、情感過剩極其抒

1 埃利希·克斯特納（Erich Kästner, Pünktchen und Anton 1899-1974），德國詩人、兒童文學作家。《小不點與安東》（又譯《冰淇淋的滋味》）為其知名作品。
2 竹久夢二（1884-1934），日本畫家、詩人，其筆下透著哀愁的美人畫十分具有特色。
3 岡本一平（1886-1948），日本漫畫家、西洋畫家，擅長諷刺時事的政治漫畫。
4 意指日本關東大地震，發生於一九二三年九月一日，芮氏規模高達七·九，關東地區受災情況相當嚴重。

情的時代。母親的少女時期與那一波色情古怪又空虛的風潮[5]無緣，而是屬於古老東京那個講究規矩，現在看來儼然一派道德肅正，唯獨任由情感放蕩於抒情和傷感之中的時代。因此，母親理所當然地成了一個文藝少女，甚至可以稱得上是廣義的藝術少女。

然而，母親嫁入的平岡家，卻是另一種截然不同的家風。我們整個家族都屬於勤勉工作的類型，不帶有任何藝術氣質。父親的母親——亦即我的祖母，生於傳統的御林武士之家，她喜歡美國的無聲電影，也喜歡日本的歌舞伎演員，與此同時，亦擁有現今難以想像的封建式情感。母親來到平岡家之後，從此失去少女時候的夢想。

母親的夢想，於是順理成章地轉移到孩子身上。在祖母的撫育之下，身體孱弱的我心思愈發細膩。或許母親從我的身上，看見了自己失去的夢想。母親希望我是個天才，期許兒子能替她實現抒情詩人的夢想。時至今日，我可以斬釘截鐵地說，母親對我懷抱的夢想是錯的。不過，身為一個還不成氣候的藝術家，被人賦予殷切的期望似乎有其必要。我不是抒情詩人，也不是天才，而是以散文作家的身分日漸茁壯的，但長久以來，我始終沒能從這個抒情的夢境中掙脫出來。或許在潛意識裡，我仍努力迎合母親的期望。因為從我懂事以後，便開始寫詩了。我的詩文和故事的第一個讀者，就是我的母親。她為我的藝術天分感到驕傲。

⁂

到了十三歲，我才離開祖母的膝下，回到澀谷與父母住在一起。那是我有生以來頭一遭和兩個弟妹一同生活。好不容易才聚在一塊，可三個孩子卻是成天吵鬧個不停。

就是在這時候，亦即十三歲時，我在學習院的《輔仁會雜誌》上發表了第一則短篇小說。母親是我的最佳讀者。我愈熱愛文學，父親愈是大力反對，他

5 日本在一九三〇年前後因社會動盪，導致許多人高唱即時享樂主義，以色情、古怪、空虛為主軸的頹廢風潮一時蔚為流行。

擔心我變成一個無力自理生活的藝術家。相反地，母親將自己失去的夢想寄託在我身上，不論在表面或私底下，都對我的文學成長提供了相當的助力。

十五歲的時候，我終於下定決心要成爲一個詩人。透過某位人士的引薦，我得以央請川路柳虹先生斧正詩文。川路先生住在下落合（地名），母親帶我前去他家請益。我當時穿著學習院中等科的制服，從現在的眼光看來根本稚氣未脫，就這麼不知天高地厚地單手揣著寫滿了詩文的筆記本去了。我還記得一件無關緊要的瑣事，母親當天買了李子帶去當見面禮。先生的家是一棟小洋房，四周都是茂密的大樹。我們被領進客廳裡，庭院送入的風將窗簾吹得飄擺不定。先生久久沒有露面，我緊張得連膝蓋都打顫了。

「鎮定一點，這點小事有什麼好緊張的呢。」母親幫我打氣。

不久，先生來了。我把詩文筆記呈遞給先生，他非常親切地接過去，很快地瀏覽了一遍。先生完全沒把我當個小孩看待，而是視我爲詩壇的明日之星，令我高興極了。

我最終並未實現成爲詩人的願望。我雖想依照先生給的意見盡量改進自己的詩境，可我體內並沒有眞正獨樹一幟的詩人靈魂。

不過，對於同一段期間寫下的小說，我卻傾注了無比的熱情。我埋首案前，寫了一篇又一篇。我小時候從不運動，放學回到家後，除了寫稿別無其他的嗜好了。現在回想起來實在難以置信，當時我寫稿幾乎不曾推敲，只任由思緒馳騁，振筆疾揮，五十頁甚至一百頁的短篇皆是一揮而就。寫完後不知道該往哪裡投稿發表，我便把它鎖進抽屜裡。

然而，那宛如母親和我之間的一樁密謀。母親會逐一細讀我的稿子，並且給予許多意見，可父親根本不許我寫作。有一回，我正拚命寫小說的時候，父親突然來了，竟把我剛寫完的稿子全撕碎扔到字紙簍裡。母親強烈抗議，甚至爲我氣哭了。在大人看來，這件事只是父母雙方對孩子抱有不同的期許罷了，但對一個心靈脆弱的少年來說，這個悲劇性的畫面深深地烙印在腦海裡，彷彿就此決定自己一生的命運。

我聽從父親的意見，進入大學的法律系就讀，甚至當過公務員，但最終還是走上小說家這條路。如此看似實現了母親的期望，卻沒能成爲母親心目中那種大正時代甜美又浪漫的抒情詩人。我感到自己必須巧妙地平衡現實與詩意二者，否則就活不下去。漸漸地，我徹底了解到，依照自己的個性應當走向什麼樣的道路，甚至希望母親也能隨著我小說寫作的新趨向一起跟上來。我成年後開始自覺到，依照自己眞正的個性應該發展出怎麼樣的一齣戲劇。

••••

母親秉性較爲恬淡，我考上大學和通過高等文官考試的時候，她都不曾露出激動的喜悅，頂多說句「眞不錯哪」而已。她大概很討厭那種會爲孩子考上大學或出人頭地而莫名狂喜的母親。自從我進入文壇以後，母親自然成爲我藝術的庇護者，這是眾所周知的事。對此，母親其實談不上高興，每回要和我一起拍照登在雜誌上時，母親總是難爲情地推拒。

母親喜歡做菜。我參加了一個名爲「鉢之木會」的文學團體，每逢我輪流邀請會友們來家裡作客，母親便會露一手她的精湛廚藝。母親對自己的廚藝頗具信心，我也覺得母親做的日本料理水準很高。

母親沒有寫過小說或詩，但是喜歡看戲。直到現在，每當我要去看戲時，一定會帶著母親同行。母親對戲劇的熱愛，當然是從上一代梅幸[6]當紅的時代開始的，最近則成爲歌右衛門[7]的戲迷。母親亦相當喜歡電影，依她的看法，現在的影星沒有任何一個能和年輕時的克拉克．蓋博[8]相提並論，這足以燃起她熊熊的熱情。她至今仍珍藏著已泛黃的克拉克．蓋博年輕時的照片。

直到我結婚之前，我和母親的相處方式，就和一般成年後的兒子和母親的關係一樣，相當自在而毫無拘束，母親也很享受這樣的母子關係。她仍舊閱讀我的作品，但由於我寫作量很大，她再也無法逐字細讀。我想，自從我成爲職業作家之後，母親才從我身上學到藝術家眞正的樣貌。所謂的藝術家，並不如母親認爲的那樣，其所感受和生活的一切無不具有藝術家的作風，並且籠罩在潔淨又抒情的色彩之中。隨著我成爲獨當一面的作家，母親少女時的夢想在我

6 尾上梅幸，歌舞伎名角歷代承襲的名號。
7 中村歌右衛門，歌舞伎名角歷代承襲的名號。
8 克拉克．蓋博（William Clark Gable, 1901-1960），其經典代表作爲《亂世佳人》。

的體內孕育而出，又在我的體內毀滅。

如此這般，母親和我相親相愛地一起生活，幾乎沒怎麼吵過架。

⋯⋯

今年六月，我終於結婚，盡到身為人子的責任。母親為了我的婚事操煩已久。我年過三十還沒成家，母親愈發著急，相當憂心。兒子一直單身未娶，母親很是在意世人的異樣眼光。就這點而言，母親的想法和其他女人一樣平凡，還是希望我能和一般人同樣按部就班地完成人生大事。從我接近三十歲時，她便費盡心思勸我結婚，可我早已打定主意，非到自己有成家的意願時才要結婚。人生中的大小事情，我都不希望是受到別人逼迫才去做的。因此任憑母親多番規勸，我依舊堅持等自己動了結婚的念頭以後再成婚不遲。

過了三十歲之後，我愈來愈想結婚。以前就曾考慮透過相親覓得伴侶，如此可以事先媒合雙方家庭與個人的條件，找到最適合我的妻子，這樣的婚姻才能得到周圍的祝福，我父母也覺得這樣好。不過，我是小說家，高不成低不就的，很難找到適當的對象。這個特殊的職業成了不利的缺點，使得母親在爲我找媳婦時，似乎比起一般的母親來得辛苦多了。

我去年夏天到國外旅遊，今年一月回來，隨即宣布想要結婚了，但是對象還沒有著落。豈料就在此時，母親竟大病一場。我從沒打算趁母親重病時趕緊結婚，可在命運奇妙的安排下，不但母親的病很快就痊癒了，更値得慶賀的是，我正巧也遇見了想要白頭偕老的對象，並且順利籌備婚事，人生頓時由悲轉喜。這一切都不是人爲的操控，我只是順應命運之輪的轉動而行。

⋯⋯

近二、三年來，母親出現更年期的症狀，健康每況愈下，還有甲狀腺腫大的毛病，而且腫塊愈來愈大，去年我不在家的期間，那個腫塊甚至發硬。到了秋天，我父親同樣生了大病，部分原因應是看護病人積勞成疾。等我回國以後，母親的體力已經相當虛弱了。三月份，透過親戚的介紹，我們帶母親去看了一位著名的外科權威，診治的結果非常不樂觀，有可能是惡性的，那位外科權威認為必須立刻切除。診斷的結果嚇壞了父親和我。為慎重起見，我建議再另請一位癌症名醫診察，於是兩天後，我又帶著母親去找知名的癌症專家。

那是一個春寒料峭的早晨。我懷著沉重的心情，駕車載母親就醫。進了醫院，走進診間，醫生起初笑咪咪地聽著我們陳述病情，待他摸到母親的喉嚨，登時臉色大變，那滿面疑慮的神色連母親都能察覺到情況不妙。他旋即喚來了另一位較資淺的醫生協同會診，兩人都對母親的喉部做了觸診。我聽見從醫生口中冒出了「gefährlich」這個意指危險的德文語詞，臉色不覺發青。事態恐怕不容小覷。

幾分鐘後，醫生請母親離席，留下我單獨聽取診斷的結果。醫生說，這顯然是癌，只能活上幾個月，動手術雖然有危險性，但還是做手術摘除患部比較好。醫生的宣判等於給了我一記可怕的重擊。醫生和我說了很久，等我要去把母親接回診間時，心裡很怕看到在走廊上等候已久的母親是什麼樣的神情。沒想到母親並沒有露出非常害怕的模樣，甚至可說是一派從容地走進去向醫生道了謝。當然，我們沒讓母親知道病情不太樂觀。我很害怕必須瞞著母親這件恐怖的祕密。不過，我還是將醫生的意見轉告母親，希望她立刻住院動手術。於是，第二天我們就辦妥了住院手續。

⋯⋯

我之前就爲母親買好了市立芭蕾舞團演出的門票，決定在母親住院前帶她去看。我一回想起那天的事，就背脊發涼。我先驅車載母親回家一趟，母親忽然想起什麼似的，說了聲我去去美容院再回來，便走出了家門。母親離開後，我把醫生的診斷據實稟告了父親，父親頓時面色慘白，方寸大亂。父親和我雖都說好絕不讓母親知道眞正的病情，可當母親從美容院回來，個性老實的父親一見到她，怎麼也沒法掩飾慌亂的神情。

我和母親打算出門吃了晚餐再去看芭蕾舞，父親原本也想一道去，問了我的想法：

「說不定這是最後一次和你母親一起在外面吃飯了，我也想跟著去。」

但我覺得如果父親一起出門用餐，反而顯得刻意，便回答還是我和母親兩人去就好，父親也覺得有理，留下來看家。

我和母親兩人走進了田村町的一家中國餐館。我心事重重，原想說些話逗母親開心，卻不敢正視母親的面孔。母親說這是住院前的最後一餐飯，點了許多愛吃的菜餚。我想打起精神，要了啤酒大口喝下，往常這樣牛飲早喝醉了，可今天卻毫無酒意，反倒眼淚險些奪眶而出，不知該怎麼辦好。菜餚送上桌後，母大快朵頤，食慾驚人，我卻連一口都吃不下，母親問我為什麼不吃？勸了幾回，後來也就不再催我吃了。一想到母親肯定知道實情，更覺得母親佯裝若無其事的模樣，愈發讓人不捨。母親大抵是要幫我打氣，才強作鎮定。我感到有個黑暗的世界朝我撲天蓋地逼近，而鄰座那些談笑風生的用餐顧客，也彷彿從我的世界倏然離去。

我們按計畫去看了芭蕾舞，但我從未看過那般奇異的芭蕾舞。舞台上一無聲音二沒顏色，唯有舞者在眼前如影子般穿梭騰躍。我已經聽不到音樂也看不見任何色彩。身旁的母親很高興能在住院的前一天欣賞到期盼已久的表演，可我眼睛雖望著舞台，卻覺得只看到一片漆黑的虛空。

從母親住院到動完手術的那段期間，大家都深信母親的病是癌症，終日籠罩在低落的心情中。我永遠忘不了當時的恐懼。

……

終於到了手術這天早晨。母親躺在推床上被推進了手術室。母親看來十分平靜，令我們相當驚訝。進手術室時，母親對我說「握握手吧」，說著便握住了我的手。母親想必是認爲這場手術難保不會發生什麼不測。我有生以來還不曾體驗過那麼恐怖的握手。

手術從九點進行到十一點左右，這段時間我和伯母、父親三人在病房裡等候。反正已經知道手術的結果不會有好消息，父親害怕承受打擊，我建議父親別到手術室那邊，父親也覺得留在病房等比較好。於是我和伯母兩人到手術室門口，坐在安樂椅上等候。我從沒看過那麼不安樂的椅子。我心想大概不成了，但又似乎瞥見了一線希望。時間一分一秒緩慢地過去，簡直可比蝸步龜移。

突然間，手術室的門打開，戴著口罩的主刀醫生出現了。醫生一邊摘下口罩，一邊對護士說話，他的表情居然透著不可思議的淡定。接著，身材修長的醫生朝一直守候在手術室前的我們走過來，取下口罩的嘴邊浮現笑容。我一臉難以置信地望著他的笑容。伯母也立即站起身來。醫生對我們說：

「好像不是癌症哦，眞是太好了呀！」

他接著帶我去顯微鏡室，讓我這個外行人看剛從母親喉嚨摘除下來的東西。醫生指著顯微鏡下的東西說道：

「請看，細胞沒有破損吧？這表示不是癌細胞。」

當時我簡直喜不自禁，立刻衝回病房把這好消息帶給父親，父親聽了也拔腿飛奔到手術室門口。

不久，痲醉未退的母親躺在推床上，從手術室裡被推了出來。我害怕看見母親的面孔，坐在安樂椅上轉過身去。父親也沒勇氣看她，抱著我的背哭了起來，我也跟著哭出聲來。

接下來的一個星期裡，直到精密檢查完全確定那不是惡性腫瘤之前，我們心中仍存有一抹不安，但那種人生從最糟逆轉成最好的恐怖喜悅，足以使人徹底改變人生觀。我每天都到病房探視，見到母親日漸康復，眞是高興極了。自從在那種可怕的不安中得到了救贖，我才痛切體會到母親的重要。人生眞是奇妙，母子兩原本保有各自空間的相處模式，在這場經歷以後，又重回到緊密相繫的關係。

那個瞬間，我忽然明白母親對我的人生有多麼重要。

《婦人生活》一九五八年十月

我想要當個藝術擺飾品

我的演員合約，是在和大映電影公司多次洽談《鏡子之家》改編電影事宜的時候簽定的。

關於《鏡子之家》的電影拍攝，我早就打定主意，若能請到市川崑導演來執導，就一定要由大映電影公司負責監製才行，無奈遲遲無法確知市川導演的意願，我也不知該怎麼辦好。

所幸現在已經得到了市川導演的首肯。聽說大映的永田社長很想和我見個面，要我有空時過去坐坐，因此大概在九月還是十月的時候，我出門前去拜會永田社長。見了面，永田社長問我有沒有興趣參與別部電影的演出。

我嚇了一跳，當下予以婉拒，但社長卻信誓旦旦地看準我很有潛力。

其實，我也不是眞那麼排斥進入演藝圈。對方有其商業盤算，我也有我的考量。

永田社長認爲，電影界如今的關鍵核心在於企畫，亦即如何抓住觀眾的心。想要抓住觀眾的心，儘管影片的內容很重要，更需要的是令人眼睛一亮的賣點，才能吸引觀眾買票入場，而我，正是他們所需要的那個賣點。說明白些，他們要的就是我的名氣。

我答應了他的提議，也很清楚賣的是自己這塊招牌，這其實可以說是一項單純的商業交易。從此，我展開了演員生涯，並且開拓了另一種型態的創作。

老實說，我非常佩服永田社長的勇氣。依我這外行人的想法，名氣亦有其不同的效應。假設某部電影請來了岸總理[1]領銜主演，儘管噱頭十足，觀眾卻不一定願意來看；同樣地，我的名氣也未必是號召觀眾入場的票房保證。我認爲永田社長確實膽識過人。

起初永田社長建議我飾演「三島由紀夫」本人，但我覺得這樣沒什麼創

1 岸信介（1896-1987），日本政治家，曾任總理。

意。我想要演的是和本人完全相反的角色。

永田社長對我的刻板印象始終是個小說家，因此，我極力說服他摘下這種有色眼鏡。

「永田社長，您現在看到的我是什麼樣的呢？」我忍住笑意問道。

「你可以扮演主角的死對頭，個性吊兒郎當的那種。帶點流氓氣的角色應該挺適合你來演吧。」永田社長回答。

我那天特地打了領帶、一身筆挺地前往會面，沒想到在他眼裡的我竟是那副模樣，眞有意思。若是那樣的角色，倒是不妨一試，我於是接受了他的建議。

「西有考克多，東有三島，東西兩方旗鼓相當。」——永田社長公開發表的演講詞眞是妙極了！我如果有天投身商場，一定會成爲像他那樣的企業家吧。

狗咬人不是新聞，人咬狗才是新聞。我們這些小說家寫的向來都是狗咬人的事。或許這回我當了演員的消息，就像人咬狗般罕見，所以才有新聞價值。

對於電影演員這個族群，我自有一番獨到的見解。

石原愼太郎先生似乎將電影工作視爲拓展自我潛能的一項行動，可我認爲透過文字表現的方式，其行動力更爲強大。所謂的行動力，是依照本身的自由意志從事工作，以文字構築自己喜歡的世界，創造出不存在於現實中，抑或與現實相仿的東西。這才稱得上是行動力。

電影世界裡唯一具有行動力的，只有導演而已。就這層意義而言，電影導演和小說家十分相像。

然而，演員正好相反，他們是最欠缺行動力的一群。

比方，有個人從庭院的右邊往左跑。任誰看了都會納悶：這人爲什麼要跑呢?他大概是忘了東西，所以才會一溜煙地跑回去拿吧!就這一幕來說，雖然呈現出一個動作，但在戲劇和電影裡，在庭院奔跑的行爲來自別人的指示，而跑者只是演出忘了東西跑去拿而已，因此那個動作並不是出於他自身的意志。

像這樣自我意志受到他人操控的假行動非常吸引我，所以我才想成爲演員。

我在電影裡飾演的角色是拳擊手。我很渴望拍攝和人鬥毆的鏡頭，但我只想做經過套招的打鬥。

我本人絕不像劇中安排的角色那樣，對生命充滿熱情，喜歡去新宿或其他地方的酒吧、不高興了就會打人。我的個性不大容易發脾氣。可是電影中的我卻不時冒火發怒，揍人、吵架，樣樣都來，凡我平常不做的事統統幹了。那些都是演出來的。有意思的是，那些假行動看在人們的眼裡，比眞正的行動更具有眞實性。

對於一而再、再而三隱瞞自身眞實的樣貌，我經常感到疲憊不堪。一旦要在眾人面前現身，就只能戴上假面具。若以眞面目示人，又得爲走路時被人不小心擦了肩、踩了腳之類的雞毛小事吵架動手，那可吃不消。

比起舞台劇，電影裡的假行動看起來更像眞的、更具行動力，而呈現出來的造假程度也更爲強烈。

我認爲電影演員的演技，能使其一舉一動看起來最具行動力，實際上又離眞正的行動最爲遙遠。這種原理很吸引人。

換言之，電影演員是個極致的藝術擺飾品。

我雖對外宣稱對自己的演技很有把握，其實哪有什麼演技可言呢！說得極端一些，我甚至認爲演技根本是電影演員的絆腳石。

我覺得最好盡量被當成藝術擺飾品看待才有意思。以白話來說，頂好被當成個角色或是劇中人物，也就是被視爲一件物體，若能在此情況下，展現出身爲物體的韻味和魅力，那就成功了。

小說家並不經常是藝術擺飾品，我們慣常擔任主體，總是折射出對方的樣貌來。人們之所以害怕面對小說家，是覺得會受到小說家猶如刑警般嗜虐似地分析：「他正在觀察我，我會不會被寫進小說裡呢？他會不會盤問我什麼呢？」

但是演員，尤其是電影演員，則是將一切全都攤在陽光底下。電影演員絕對不會批評別人，或是把人寫進文章裡。

假設有位年輕的武俠劇演員，他在觀眾的眼中或許是個偶像。偶像之所以能成爲偶像，就是因爲人們不必擔心會遭受他的批評，這位演員於是成爲小說家難望項背的人物。

我們大可不必擔心會被別人看到連自己都不知道的某一面，但是電影演員的情況就不同了。我暗自期待在成爲一個出色的電影演員後，會於某個時點被別人看見一個連我也不知道的自己。這是一種充滿喜悅的期待。

爲了達成這個目的，就必須先讓周遭的所有人摒除成見，將我設定成與我本人截然迥異的另一個角色，否則我的期望絕不可能實現。因此在角色的設定上，必須是個與所謂的知識分子完全相反的人物。我必須融入一個和自己完全不同的角色之中。

這次我參與演出的電影是由增村保造先生執導，他提議我只要穿上制服就可以解決這個問題。制服是現在的日本社會較少出現的服裝。比方劇中人物一開始就穿著基層警察或自衛隊的制服登場，光是這樣就能成爲一個藝術擺飾品。制服具有將人類塑造成藝術擺飾品的功效。

我們討論了這些議題。

像這樣顛覆自己的存在，對我來說眞是有意思極了。

演員的自我意識總是充滿著惶惶不安。所以演員才會去喝酒、開快車、與女人祕密交往，這都是因爲他沒法忍受獨處時的不安，即便他呼朋引伴，吃吃喝喝招搖過市，卻變得更加孤獨。

小說家沒有那種孤獨，所以想盡量獨處。因爲小說家明白，即便不必和很多人往來，也很清楚獨處時的是眞正的自己。

相對地，小說家也會對這種生活樣態感到厭煩。我無法忍受那個老是坐在客廳的人是自己。

或許有人會說我前後矛盾，但我從以前便思索著，或許還存在著另一個我所不知道的、和我現在相反的世界。我一直非常嚮往物理學裡提出的反質子那樣的世界。假如出現在這裡的我並不是我，而出現在銀幕裡的那個人才是我——要是發生了那樣的狀況，豈不是很有意思嗎？

在此我不能說出和我演對手戲的演員姓名。因爲藝術擺飾品是不會說話的。事實上在白坂依志夫先生的劇本尚未定稿之前，也無法知道對手演員是誰。我原本要求加入熾烈的愛情戲，卻遭到妻子的反對。

我特別向增村先生請託過，務必讓我展現頗有看頭的胸毛，他反問我眞那麼有自信嗎？我還沒讓他開過眼界，所以他不曉得是什麼模樣。

我的個性本就喜新厭舊，一直希望嘗試新鮮事。對於活下去這件事，我抱持的是徹底多角化經營主義。不過在寫作上，我沒有採取多角化的經營策略。比方我不寫電視、廣播和電影劇本，往後也打算繼續堅持這項原則。我不希望無謂地擴展工作領域。

在戲劇演出方面，我是眞的喜歡才投入的。我現在已經不寫短篇小說，也幾乎不寫散文了，唯獨長篇小說怎麼寫都不乏味，連自己都覺得不可思議。畢竟那是分內的工作吧。

現在，我在短時間裡嘗試過形形色色的體驗。雖然不知道那些經驗是否有所助益，但是電影界並沒有超越我原先的想像。通常人們光是嗅到電影的氣味、稍微涉足電影的世界，多多少少會蒙受其害。是否只有我一個人能夠安然全身而退，不啻爲我等著看的好戲之一。

我讀過了白坂依志夫先生在報上的言論。

我雖對其他事一概採取反道德的做法，唯獨對於遵守約定這一項，向來遵道循德。身爲電影人的我，往後打算反其道而行，對其他一切都遵守道德，唯獨對不守約定這一樁，採行反道德的做法。

《公論週刊》一九五九年十二月一日

小說家的兒子

去年長子誕生後，我不時想到他的未來，心裡愈發忐忑不安。女兒還好，早晚要嫁人，只要她愛丈夫，就一定會接受丈夫和他的職業吧。換句話說，女兒的未來有一部分交託在未知的「他力」手中。

可是兒子的情形就不同了。他生爲小說家之子，如何在這種特殊的家庭條件下學習何謂「社會」，就成了一個問題。不過，小說家在日本只是極少數人，這種特殊條件所產生的煩惱不具有普遍性，就算在這公開的園地發牢騷也無濟於事，還望各位能站在天下父母心的角度予以諒察。

快滿四歲的長女已經不解地問過我：「爲什麼父親不必到公司上班呢？」父親在家工作的家庭，在孩子的同儕社會中已開始被視爲特例。

不僅如此，我習慣深夜工作，早晨才上床睡覺，過了中午以後起床吃早餐，這已是我多年來固定的作息方式。我選擇在精神最能集中的時段工作，也就自然養成了這種習慣。我起床後要先接待訪客和接聽電話，等這些工作應酬處理告一段落後，便出門參加聚會、運動或參與戲劇工作等等，直到孩子入睡之後，才又踏進家門。

在孩子看來，這種作息想必相當奇怪吧。在他還沒長到能理解父親工作的年紀之前，這種奇怪的印象，就這麼根深柢固地印在他的腦海裡。我想，小偷的家庭肯定也是這樣的。

隨著兒子的成長，理應讓他將目光投向外界、投向寬廣的社會。可是，家中有個鎮日埋首書齋的父親，這種深烙其心中的負面形象，反而不利於孩子的成長。做父親的本該每天清早駕著船隻出海捕魚，航向孩子還未被允許涉足的那個廣大而充滿活力的成人社會之海，船影漸行漸遠……到了傍晚時分，再載著魚貨返航回家。但是，家裡又不經營釣魚池，父親卻光是待在家裡就能釣到魚——這教孩子想破頭都想不通。

兒子再大一些，恐怕就會對父親的生活方式，以及父親在現實社會中不確定的定位，這二者間微妙的平衡感到困惑。雖說小說家的社會地位已較昔日高，收入也益趨增多，這份工作畢竟無法傳承給後代，只能在死後把作品留給社會；順利的話，頂多留給子孫著作的副產品渣滓——金錢（從本質上來說，那與作品本身毫不相關），而絕不可能像實業家那樣，讓子孫繼承事業，也無法像社會的多數人一樣，留給兒子可以攀親帶故的「情面」或師徒情誼。「情面」在文壇完全派不上用場，小說家只能自力更生，憑作品一決勝負，因此其社會地位看似提高了，實際上仍空有虛名。況且，小說家爲了補償自己賣力的精神勞動，在世時生活豪奢，對於休閒娛樂的渴望異於凡人，表面上淨是遊玩享樂，其實潛意識裡這些全都成了作品的材料。如果生的兒子沒出息，光看小說家父親表面的行動，以爲自己也和實業家的孩子一樣有資格過豪華的生活，因而好整以暇，苟且偷安。事實上，論財產、論地位，實業家都比小說家來得穩定多。問題是，小說家的兒子萬萬沒想到自己搭的竟是一艘泥船，說不定明天就會沉沒。

若以父親的身分思索兒子的未來，我只盼他無論如何千萬別當小說家。哪怕小說家可以贏得世人的讚賞，我也不想讓兒子選擇這種像雜技團走鋼索般的危險職業。小說家看似喜歡自己的工作，其實唯有小說家了解這一行眞正的危險性。若是看不出有什麼危險的人，根本沒資格當小說家。

另一方面，父親亦有其偏見。藝術家通常容易對世間最平凡的幸福給予過高的頌揚。他們會夢想著即使日子貧窮、沒能出人頭地，只要能享受到平凡的家庭幸福，簡簡單單地度過一生，就很完美了。他們可能把與藝術無緣的樸實而平凡的幸福，過於理想化。

儘管父親對兒子寄予如此的憧憬，但兒子有其獨特的性格亦是不言自明的。父親愈不希望兒子成爲小說家，兒子或許更想唱反調，偏要立志當小說家（爲了預防這種事態發生，我只想到積極建議兒子「成爲小說家」這唯一的辦法）。相對地，如果父親期望兒子只要過得平凡幸福就好，兒子可能會嘲笑父親這種夢想未免太平庸了。世上沒有人是知足常樂的，這正是社會能夠形成和發展的基礎。

實際上，這是個空虛的目標。倘若人類只在朝向目標努力的過程中，才會得到幸福，那麼除非是個懶惰的兒子，否則無疑會選擇走上透過學校的學習和入學考試，在嚴苛的生存競爭中奮鬥不懈的道路，其結果就是長成父親最擔心的模樣——有顆大腦瓜而臉色蒼白的兒子。不過，生存於現代社會中，最有效的力量就是智力，這是理所當然的道理。若能具備智力、意志力，再加上體力，不論在哪個領域裡都能如虎添翼。無奈的是，做父親的早已深深體會到：想要這三者均衡發展，有多麼的困難。

即便有顆大頭，只要能獨當一面，父親也就滿足了。可是，小說家的兒子讓人擔心的是，他會不會在父親的不良影響下，變成一個具有嘲諷、睥睨心態的年輕人？父親是小說家，有那種心態也就罷了，換作是社會上的一般人可就麻煩了。不論從任何層面看來，父親都不是兒子的好榜樣。不同於父親在書齋裡揮筆使人物躍然紙上的工作，必須在群體中生活的兒子若是受到父親隻字片語的影響，以致於想要逃避群體伴隨而來的種種煩惱，那就糟糕了。做父親的雖害怕兒子會變成浪蕩子，但更害怕兒子會變成精神上的浪蕩子。

雖說現代社會中最有效的力量是智力，毫無疑問的支撐智力的礎石就是健康。即便多麼優秀出眾，假如是個病人，根本派不上用場。而身爲一個男子漢，單有健康也是不夠的。體力固然需要，若要有身爲男人的意識，更需要具備肉體上的勇氣。這也是父親思考多年之後得到的結論。男人不論從事哪一行業，擁有一雙強勁的臂膀是最起碼的條件。因爲整個社會並不是只靠菁英階層在運作的，想要向無知者證明自身的優越性，唯有展示肉體的力量和勇氣。我的父親和祖父都不擅運動，因而他們不曾親自教導我從事任何體育活動，所以至少在這一方面上，我希望能給自己的兒子一點贈禮，也就是等兒子到了適當的年齡，我想教他學習劍道。

因爲，藝術家的家庭裡儘管充溢著知性、情感、時髦的東西，卻不是個適合培養男子氣概的地方。因此，爲了兒子的未來，我必須設法彌補這項缺陷。

不論記者怎樣要求，我向來不讓他們拍攝家人的相片。尤其不讓他們拍我的孩子。一旦孩子看到雜誌刊出了自己的相片，就會激發小孩的虛榮心，分明沒有任何實力，他卻以爲自己是個特殊的人。這種影響多次累積之後將會後患無窮，尤其更會嚴重誤導兒子產生不正確的「社會」觀念。我把孩子視爲獨立的人格個體，從尊重其人格的意義上來說，我不希望拿他們當新聞的賣點，或是別人家茶餘飯後的消遣話題。

小說家的工作場所和家庭位在同一處，由此衍生出來的另一個難題是，孩子經常被訪客的吹捧給寵壞了，不僅被寵壞，而且孩子在這樣的環境下嬌生慣養，也會對那些各有家庭且社會地位高尚的訪客，產生錯誤的印象。這些訪客爲了工作上的需求，甘願忍受小磨人精的惡作劇，可是孩子不曉得其背後的苦衷。如果沒讓兒子認清眞相，他將在不知不覺中，誤以爲冷酷的社會和冰棒一樣甜，到頭來吃虧的還是他自己。

左思右想，我爲自己沒能爲他準備一個適合的教育環境，深深感到歉然。但杞人憂天也沒什麼幫助，終究得靠兒子本身的能力和意志去開拓未來。況且他既是我的兒子，我很有自信，他不至於爲了一點小事，就挫敗認輸、鬧彆扭，或萎靡不振吧。

《教育月報》一九六三年七月

我的體育經驗

如果我現在擺出一副頂尖運動員的架勢，我過去一副孱弱模樣的文學青年時代結交的那些朋友們，必定會發出輕蔑的笑聲，彷彿看到暴發戶隱瞞了昔日的貧困似的。不過，所謂「眞作假時假亦眞」，打從我一頭鑽進體育的世界，到今天前前後後已經有十年了，我想，現在應該有資格來談一談體育。

我將會分成五部分寫出個人的心路歷程與見解。首先，第一部分是我投入體育的緣起，第二部分是由健身作爲運動的入門，第三部分談拳擊，第四部分論劍道，第五部分則是依據我的經驗指出日本的運動教育與運動觀念的謬誤。

和別人相較之下，我從少年時期就對自己的肉體抱持強烈的自卑感，從未喜歡過這副纖弱的肉體，也從不曾引以爲傲。原因之一是當時正値二戰期間，不時興那種病懨懨的文學氛圍，反倒是弱肉強食的例子屢見不鮮。假如我生在頌揚戈蒂耶筆下那種「蒼白」的浪漫主義時代，或許還會對自己的肉體特徵感到滿意。即便戰爭結束後，弱肉強食的時代依舊以另一種型態延續下去，再加上由美國傳入的標榜壯實肌肉的思想，使我對自己的肉體愈發感到自卑。

話說回來，我四肢健全，甚至談不上體弱多病，只是身形孱瘦、胃部較差而已。根本不消搬出阿德勒[1]的自卑感補償理論，我很清楚運動已成為我今日生活不可或缺的一環，原因只有一個，就是對自己身體的自卑感——儘管世上有數不清的人自恃智識豐碩與才華洋溢，絲毫不因其文弱的軀體而感到矮人一等。

等我開始從事文學工作以後，這種不自然又不健康的職業常使我鬧胃疼，我生怕再這樣下去，到三十幾歲時大抵只剩一具扁皮囊，於是小心翼翼地重拾中學時曾學過一陣子的馬術，也曾試過在自家庭院裡架設器材拉單槓，但都成效不彰。

我只覺得上天賦予的這具軀體和運動之間，依然堵著一座既不能攀越也無法撞破的高牆鐵壁，命中注定我和運動要被永遠分隔開來，無法靠近。

就這樣，我徬徨無助地來到三十歲，心裡很不服氣。按一般人的想法，我已經超過適合做運動的年齡。

三十歲那年的夏天，福音終於降臨在我身上。這便是日後成爲人們笑柄、以及諸多漫畫題材的「健身運動」。

我二十幾歲時去過美國，對於健身的觀念略知一二，但覺得和自己完全不相關。直到我永遠記得的一九五五年夏天，我讀到某本雜誌刊登了早稻田大學健身部的照片，以及旁邊「任何人都能擁有如此健美的身材」的標注，我像個發現任何新藥都願意嘗試的病人，毫不遲疑地當即撥了電話到編輯部，請他們幫忙引薦早稻田大學的教練——玉利先生。

第一次和玉利先生見面是約在日活旅館的大廳。他當場展示了控制胸肌跳動的特技，光用肉眼就可看到他襯衫下的胸膛明顯抽動，並向我保證「有一天

1 阿德勒（Alfred Adler, 1870-1937），奧地利精神分析學家。他認爲如果兒童具有某種生理缺陷或心理自卑，其人格形成將傾向補償其那些遺憾。

你也可以辦得到」。我驚訝不已，立刻拜他爲師。玉利先生果眞沒騙我，九年後的今天，我已經學會了控制肌肉的技巧，可以配合曼波或倫巴舞曲的節奏表演左右胸肌交互跳動的技藝。

我請玉利先生每星期三次到家裡指導健身，還買了槓鈴以及躺椅等器材，卻落得遭人嘲笑的下場。教練安排的訓練課程十分適宜，我也不急於搶快躁進，但剛開始的幾個月眞是苦極了，我的身體出現了各種症狀，那年一整個冬天扁桃腺都在發炎，輕微發燒久久不退，到後來甚至懷疑罹患重病，還去照X光做檢查，幸好總算熬過了那段時期。不過其他在我建議下跟著健身的朋友們，多半撐不過一個月就紛紛放棄，他們沒法承受初始的艱苦練習。還有，我後來發現，這項運動經常用到深呼吸，因此曾經染過胸部疾病的人，也不適合從事這項運動。

要說世上最有樂趣的事，莫過於知道自己的力量與日俱增。那是人類最純粹的愉悅之一。

健身不愧是美國發明的運動，一切都按照合理的方式設計，很明顯地可以看到我的體重逐漸增加，肉體日益改造。那段期間我仍是有些按捺不住，曾經模仿年輕的友人每天都喝九百毫升的牛奶，以致於鬧肚子；也曾吃下一整瓶美國製的高蛋白粉，結果反倒消化不良。想透過健身的方式練出健美的肌肉，要趁二十歲前後的肌肉增長旺盛期，也是骨骼還繼續發育的時期，才會出現明顯的成果。不可諱言，到了三十幾歲才開始鍛練肌肉，其難度要多上好幾倍。不過，經過半年左右，連我自己都不敢相信竟然練出一身足以在人前展示的健美肌肉。依我年輕時的觀念，自我意識和肌肉二者呈絕對的反比；如今，由極度的自我意識培育出肌肉的這項奇蹟，委實令我瞠目結舌。這是美國文化最偉大的發明之一，亦是美國文化悖論的一個象徵。

約莫一年以後，我忽然發現，二十幾歲時困擾我許久的胃痛，早已不藥而癒。不知不覺間，原本與我爲敵的胃部已成爲順服的友軍。

——回到剛才的話題。在我開始健身的第四個月，遇見了鈴木智雄先生這位豪傑。

鈴木先生已是中年人，也是吉良常和野坂參三的朋友，曾經擔任海軍體操教官，說起話來不留口德，個性開朗豪爽，絕不服輸又相當專斷獨行，是個非常反對西方健身觀念的健身教練。我立刻爲之傾倒，成了他的徒弟。

鈴木先生那時在後樂園健身房工作，於一九五六年的春天在自由之丘開設了自己的健身房，從此也開展了我上健身房的生涯。

根據鈴木先生的理論，爲了避免健身造成肌肉的硬化，必須同時併做柔軟體操（丹麥的布克體操[2]）和伸展運動，使得我在那裡重溫了高校時代的海軍體操噩夢。不過，與在戰時我做得不甘不願的體操相比，誇張地說，現在我簡直是邊做體操，邊淌下喜悅的淚水呢。

這位鈴木先生對我的影響很大，他倡導的「寓體育於生活」，現在也成了我逢人就說的口頭禪。鈴木先生主張，做健身運動時都以屈肌動作爲主，爲了維持肌肉的平衡，必須搭配伸肌動作。這套理論也成爲我日後選擇運動的依循標準。

鈴木先生是個極具領導魅力的教祖型人物，有些人深愛他的奇特作風，但也有人對他嗤之以鼻。每當我聽到運動團體裡的內鬥紛爭時，總會想起像他這樣的運動指導教練：儘管用意良善，卻往往吃力不討好。

鈴木先生的特立獨行，已經超越了肉體、凌駕在體育之上，甚至可以說是一種帶有詼諧的信念。

健身房當時聘了一個年輕的助理。有回助理正在練習徒手體操，鈴木先生指著他那令人目不暇給的花式動作說道：

「三島先生，請您看仔細了。健全的肉體蘊含著健全的精神。您瞧他身體完美的柔軟度，以及動作的精巧度……這才稱得上是眞正的人。當一個人練到了這種程度，他的人格必定十分高尙。瞧您現在的體形，人格根本還沒長出來呢！」

詎料，就在鈴木先生說完這段話的幾天後，這個助理竟從健身房捲款潛逃。

---

2 由丹麥體操家布克（Niels Bukh）設計的基本體操。

「鈴木先生，您說得眞有道理，健全的肉體蘊含著健全的精神哪……」

事隔多年，每當我回想起挖苦鈴木先生時他那一臉鐵寒的神情，仍是忍俊不禁。

不過，對於肉體和精神之間的關聯，我曾再三思索煩惱許久。在我看來，身爲一個藝術家，爲了藝術創作，就必須極力維持深層精神裡的糾葛，而這不正需要一副健全的肉體做後盾嗎？這情況好比爲了挖掘一口深井，當然需要用大理石來鞏固水井的壁面。

我持續健身一年以後，對自己的肉體已具有強烈的信心。我相信從前橫亙在我和運動之間的那道鐵壁，終於被敲毀移走了。我總算得以奔向渴望已久的運動世界！什麼是難度最高、最爲激烈，並使多數年過三十的男人聞之膽寒的運動呢？——那就是拳擊。

然而，世事未能盡如人意。

展開雙臂歡迎我進入拳擊世界的是我的老師——日本大學的小島智雄先

生。那是在我三十一歲的初秋時節，距我投入健身運動剛好滿一年。

小島先生的性格恰巧與鈴木先生相反，他篤實又愼重，絕不說大話，全心奉獻給拳擊，將拳擊奉爲世上最高價値。他不煙不酒，非常顧家，舉凡他不准選手從事的活動，自己也一概不碰。人家封我是文壇的禁欲主義者，但比起這位近乎刻苦自惕的運動教練，我是個無可救藥的逍遙之人。

小島先生要求我必須答應他提出的條件，才願意指導我拳擊。

「你絕不能出場參加比賽。除非答應這個要求，否則我絕不收你爲徒。」

我訝異地反問爲什麼，他是這麼回答的：

「你要是出場比賽，萬一受傷了，豈不是讓『拳擊』蒙羞嗎？」

原來小島先生擔心的是，絕不能讓他心目中的女神——「拳擊」的聖潔受到任何傷害。

我立刻開始前往日本大學的集訓中心展開練習，至於健身的部分，則只繼續做雙槓屈臂支撐運動，以維持胸部和手腕的肌力。

集訓中心是一棟古舊的建築物。淋浴室充斥著廁所的臭氣。擂臺旁邊掛滿髒兮兮的T恤和緊身褲，快要迸裂開來的沙包……這些宛如體育世界裡的詩篇，象徵著我前所未知的血脈賁張和優雅。

不過，一旦開始正式練習以後，哪還有什麼優雅可言呢！每三分鐘一回合，中間休息三十秒，必須連續練習九回合以上，再加上跳繩、空擊練習、沙球和沙袋擊打練習、拳擊對練等等，練習的第一天我累得上氣不接下氣，但健身的經驗告訴我，有天我終將會克服它。於是，從第三次練習開始，我的身體已經習慣這樣的訓練強度了。

我永遠忘不了第一次拳擊對練時的感動。

不過，那次對練由小島先生親自擔任我的陪練員，那簡直像闊老爺作樂般的消遣，根本不值得稱道。但有生以來首度戴上拳擊頭盔的豪氣，以及對練拳擊手套的新鮮觸感，使我忍不住朝自己的下顎輕輕揮打起來。

「到底是怎麼回事啊？每個傢伙初次上陣，總要來上這麼一招呢。」

聽到這句話，我感到無比的歡欣——因爲我在無意識間已遵循了人類的普遍法則了（儘管這樣的感觸有些誇大其詞）。

實際練習的時候，短短的三分鐘彷彿有十年那麼久。當我被逼到角落的時候，腦袋分明知道只要橫跳就能逃掉，可兩條腿卻像鐵棒一樣沒法動彈。……終於，我才打一回合就累癱了。第二次對練的時候，我撐到了第二回合結束，但是右膝軟綿綿地跪在地上。我總算了解自己超過三十歲的肉體的真正極限，更高興能夠體認到這個事實。

——我忘了是在第一次還是第二次對練的時候，石原慎太郎來到集訓中心探視，並且用八釐米的錄影機攝下了我的慘狀，後來這捲影帶使我成了眾人的笑柄。某回文學座的傢伙們擠在我家，將這捲影帶搭配曼波舞曲的唱片一起播放，一個個看得捧腹大笑。我拚了命左閃右躲的動作竟像漫畫一般，和這首曼波舞曲的節奏吻合極了。

過了一陣子，我在拳擊界亦結識了一些人士，小島先生也帶我去了專業的拳擊場練習。拳擊評論家平澤雪村先生向小島先生說道：

「要不要讓三島去打個前鋒賽[3]呢？」

---

3 正式賽事前的比賽。

聽說小島先生嚴詞拒絕了。直到今天，我人生中有過兩次邀約，一直是我心底最寶貴的回憶。一次是二戰結束後不久，小田切秀雄先生問我要不要加入共產黨，另一回就是平澤先生邀我去打前鋒賽。

我的拳擊修業，持續了一年左右就結束了。主要原因是感覺體力已瀕臨透支，但我始終非常感謝拳擊與小島先生能讓我實際窮究體能的極限體驗，這成了我突飛猛進歷程的最佳紀念。

目前我正在研練劍道。我終於找到最適合自己的運動，體會到安身立命的境地。儘管有人不認爲劍道屬於運動的一種，況且我的基本功練得不夠，大家都說我的姿勢不標準，可劍道依然是我心靈的原鄉，也是肉體和精神調和的完美理想，終於療癒了我長久以來在運動世界中尋尋覓覓的鄉愁。這裡說的「鄉愁」是我獨特的用法，不盡然代表對於自身過去的鄉愁。我曾在初次造訪西印度群島的椰林，以及葡萄牙的里斯本市等地時，感覺到漫長的鄉愁得到撫慰。我對運動的體認也是這樣，多年以來，它一直深埋在我的精神底層。現在，我三十九歲，總算到達這個境地。回頭細想，這一切都是順其自然的，與其說是我自己的努力，更像是在命運的牽引下來到這裡。

雖然我練劍道才五、六年，其實中學時曾在課堂上學過一整年。那時候，我的學校將劍道、柔道、箭道和馬術全部列為必修科目，這些被迫學習的運動，我一個也不喜歡。中學生的我，尤其厭惡劍道那種獨特的喝聲。因為那簡直是充滿粗鄙、野蠻、威嚇、可恥又極端生理性的、反文明性的、反文化性的、反理智性的、動物性的吶喊，聽在滿懷羞恥心的少年耳中，根本無地自容。一想到自己會發出那種叫喊就無法忍受，而別人發出的喝聲同樣刺得我耳朵發疼。

二十五年以後的今天，我的感受截然相反，不管是他人或自己發出的喝聲，都令我覺得痛快極了。這話絕無半點虛假，我確實打從心底愛上了那喝聲。為什麼同一個人的心境變化如此之大呢？

我想，那是因為我終於認可、接納了位於自己精神深處的那一聲「日本」的吶喊。這一聲吶喊，代表的是把近代日本所感到羞愧、拚命掩飾的東西，赤裸裸地呈現出來。那些東西連結到最爲晦暗的回憶、連結到流淌過的鮮血，它們根源於最能如實呈現出日本過去的記憶。那是在膚淺的現代化底下潛流著的民族深層意識的吶喊。這頭怪物似的日本被鎖上了鍊條，已經許久沒被餵食，不停發出衰弱的呻吟；如今，他只能透過我們的嘴，在劍道道場裡竭力喝喊。這是他唯一得以抒解的機會。直到今天這個喝聲仍讓我愛至入骨。這樣的喝聲，即便是閉上眼睛聆聽，我也可從中感受到所有的日本近代思想全是一些泛泛之論。每當我聽著從自己口中發出、或從別人口中發出的喝聲，便會從澀谷警察局的老舊道場的窗子，抬頭仰望那條橫越天邊的嶄新高速公路，暗自享受著那疾駛而過的「現象」，而這裡是打從肺腑吶喊著「本質」的喜悅，……我更深切地感受到與那喝聲融爲一體並帶來危懼的喜悅。

而這正是每當人們聽到「劍道」這個名詞時，投以狐疑目光的惡名昭彰的「精神主義」之況味所在。我盼望劍道和柔道不失去它的反時代性，往後更千萬別變成那種眾所喜愛的國際性運動項目。

我的師父是吉川正實七段。我深受吉川先生的人格吸引，隨著他勤務單位的異動，從東調布警察局的道場，跟來了澀谷警察局這邊。吉川先生沒有一般劍道家常見的那種囉唆的裝腔作勢，圍繞在他身旁的人們總是一團和睦。事實上，有不少人就是因為討厭劍道家特有的作風，比方刻意擺架子或裝謙虛，要不就是道貌岸然或趨炎附勢，於是連帶地也厭惡劍道。

練了劍道以後我才知道，人們說健身運動中的重量訓練會影響鍛練者其運動上的速度，這種說法並不正確。在我看來，重量訓練的效果今後將會逐漸得到其他運動領域的肯定。

夏天練劍道的時候，根本還沒開始動作，光是戴上頭盔便已一身大汗，但我很喜歡這種「受虐為樂」的感覺。因為這是一種「異於平常」的運動。在一對一的格鬥技術中，再沒有其他運動像劍道這樣能讓高齡者繼續發揮的。只要待在劍道道場裡，你就不會變成那種讓後輩基於同情而拱手讓贏的窩囊「大前輩」。

回顧我的運動歷程，大家會驚訝地發現與眾不同。我在一般人早已不做運動的年紀，才開始加入運動的行列，雖然沒有練出什麼超凡的成果，但已使運動與生活緊密地結合在一起，並在成年人相當忙碌的三十到四十歲這段期間，比其他人獲得了更好的體力與享有健康。我想，至少我已在人生的中場時間，將自己的肉體重新鍛鍊得十分充足。

不過，這一切都是超脫常軌的行動，而我之所以能夠辦到，必須歸功於從事的是自由業。

我就讀中學和高中時，正值戰爭時期，當時的教育目標著重於軍事訓練，和現在有很大的差異，可以說是弱肉強食的運動教育，那些天生體力欠佳、拙於運動的人，只能眼巴巴地看著同學們靈活的身手，沒有任何人會對他伸出援手。在我看來，即便到了學生體格有所提升的今天，往昔的狀況應該沒有太大的改變。儘管現今已來到學校運動風氣熾盛的時代，但許多運動場地仍由選手和社團把持住，比方高中和大學的網球場，除了網球社的社員以外，其他學生幾乎無法自由使用。

在所謂天才教育的大旗揮舞下，缺乏運動天賦的人，就成了被施以藝術或其他才華培育的實驗品，連學校教育也難逃社會的技術化、專門化、細分化的魔掌。

我一想到自己體力不好、運動天分欠佳的少年時代，眼前便浮現一個永遠被拒於運動大門之外可憐兮兮的身影。總該有間學校的教育方針著重在因材施教，不參加任何校際比賽，致力於提升全體學生的體格。近年來，每當我看到像豆芽菜般、只長身高不長肉的少年們，便覺得從我們那個時代一直到今天，運動教育的偏頗根本沒有任何改進。

成年人的運動也是問題所在。說起普通成年人的運動現況，恐怕只剩下觀賞運動競技，還有打打高爾夫球罷了。隨著社會上的競爭愈趨激烈，有愈來愈多才三十來歲的人，已開始未老先衰——皮下脂肪增厚、膽固醇增高，以及心臟衰弱。飲酒過量導致肝臟受損，神經緊繃招來胃潰瘍。爲了防止這些疾病上身，只見人們站在藥房門口，行色匆忙地就著吸管啜喝藥飲，那模樣委實令人同情。運動分明能解救他們脫離苦海，可是成年人既沒有空閒，也沒有機會。偶爾有些人的公司設有道場或體育館，卻往往被企業所屬的運動員獨占，這和學校的情形沒有兩樣。

我已經親身體驗過，三十幾歲的人有多麼需要運動。很幸運的，我因爲工作上的關係，得到了許多人的熱情協助，許多大門都爲我而開；然而，一般成年人即便和我一樣，到了三十歲才下定決心開始運動，一來找不到場所，再者也沒有那樣的機會。

日本爲了舉辦奧運而新蓋了各種競技場，但那些純粹是爲了選手和觀眾而建造的，並不是能讓運動的門外漢隨意使用的場地。

譬如，我曾這樣衷心期待：有一天，城鎮上的各個角落都有體育館，任何人都可以自由進入，只要繳交少許會費即能成爲會員；體育館直到晚上十點都還開著，各種設施一應俱全，大家都能輕鬆自在地從事喜歡的運動；教練能根據會員運動資歷的深淺，給予懇切的指導，將初學者們集合起來練習，以消除這些運動新手的困境。在那裡，並不是只能看見天之驕子們展現精湛的技巧，而是任何初學者拙劣的技術也都有相等的機會。……像這樣運動共和國的構想，絕不是唯有在社會主義國家才能實現的美夢。

簡單來講，運動就是要起而行，就是要起身、多動、用力、流汗。運動過後淋浴時的那種快感，令我想起了以前曼波族[4]流行的時候，有位拳擊選手曾自傲地說過：

「淋浴時的這股快感，我看連曼波族也沒體驗過吧！」

他的傲氣其來有自，不帶有任何思想性的酸臭。運動過後淋浴的爽快，是人生中難得的愉悅。無論握有多大的權力、不管過得多麼放浪形骸，但凡沒嘗過這種豪快淋浴的人，便稱不上懂得活在世間的眞正樂趣！

《讀賣新聞》一九六四年十月

4 一九五〇年代，曼波音樂曾在日本流行一時，於是出現了一些趕時髦的年輕人戴上墨鏡、身穿窄管曼波褲，他們被喚作曼波族，成爲當時不良少年的代稱。

我的遺書

文藝春秋出版社要彙編《現代日本文學館》的月報，詢問我有否尚未發表過的舊文章，於是，我從書架後面拖出了一只布滿塵埃的紙箱，時隔二十年首度打開來，不料竟從裡面翻出了一封遺書，著實令我吃了一驚。那張和紙上以毛筆寫著以下的字句：

遺言

平岡公威（我的本名）

一、父親大人

母親大人

以及學生於學習院及東京帝國大學在學中幸蒙薰陶之

恩師清水老師暨諸位老師

謹此萬謝培育之恩

二、學習院同窗及諸位前輩之友誼沒齒難忘

由衷祈願求諸位前程光明

三、妹美津子、弟千之等兩人需代兄長向

父親大人、母親大人克盡孝道

尤其千之更應效法兄長

盡早成爲皇軍之貔貅

以報浩蕩皇恩

天皇陛下萬歲

……或許有人會批評我，連自己寫的遺書都要昭告天下，簡直是無可救藥的暴露狂，但遺書的原意就是寫給別人看的文書。我依稀記得當時寫下這封遺書的情景，但卻不記得另外寫了遺書給家人和朋友。收到徵召令以後，我帶著遺書和剪下的頭髮與指甲入伍，這封遺書本該在我爲國捐軀後發揮其應有的效用，後來我因爲生病被驗退，受命即日返鄉，於是把它帶了回來。

時至今日重新展讀，我心頭不禁浮現一個疑問：難道沒有更好的寫法嗎？這種行文措辭未免太八股了。當然，那時必然顧及萬一寫些有違時局國令的事，不知會受到何種處置（我不諱言其實害怕遭到處死），可也未免寫得太乾脆了些。倘若我那時就這麼死了，別人心裡對我的印象，就只剩下遺書裡刻板的字句。

當時二十歲的我，或許已懂得和成年人一樣賣弄小聰明，知道形式上的遺書只要套用八股措辭即可，但在那看似毫無個人風格的字裡行間，確實可以嗅出我的性格乃至於講究的習氣。即便在戰爭期間，遺書仍有其固定的書寫格式，可我絕不願當個文抄公。

二十年後的今天，我盡量撇開時光的阻隔，很想分析自己當年寫下那些話語時的心態。我全盤否定這封遺書的內容，自然是最乾脆的解答。但當年的那個年輕人在寫下遺書前，已經出版過一部小說集，他的心態絕不可能如此單純而爽快。不過，若說是滿紙謊言，這又衍生出另一個疑問來：如果上面寫的既不是眞心誠意，也不是虛言假意，那麼其中到底有哪些是「眞實」的呢？況且很明顯的是，我在寫下這封遺書時，對於筆下的字句並不是全然深信不疑的；然而於此同時，也可以清楚地看出，我那時心中沒有抱持字字皆假的「眞實」立場。或許反倒是遺書裡的寓意，才蘊含了「眞實」的立場。或許現代個人主義和自我懷疑的思維，日後就是這樣深植在我心中的。

或者也可以這麼想。那時候可能有另一隻巨大的手，握著一個精神狀態極不穩定的青年的手，操控他飛快地寫下那些字句。而那隻大手既不是國家強權，也不是軍國主義，而是早已盤踞在我內心深處那無以名狀的精神意識吧。

在我看來，舊教徒和教會之間的關係，豈不是這樣嗎？教會正是代理、代行、代表舊教徒們的另一精神。唯有新教徒式的良知，才能形成現代式的自我，使人類的精神與良知，得以成爲世上獨一無二的珍寶。沒有備胎的汽車一旦爆胎了，只能待在原地動彈不得。現今，隨處可見爆了胎的汽車，它正是現代社會的具體反映。

總而言之，我存活下來了，這封遺書卻成爲今日人們的笑柄。這肯定算是一件值得慶賀的好事。

話說回來，即便是現代的日本社會，不管在何種情況下死亡，仍會出現由另一隻看不見的手操控寫下遺書的事情吧。然而我必須承認，我終究曾寫下這般慷慨陳詞的遺書啊！而且，在一輩子當中寫過一份遺書便已足矣。

《文學界》一九六六年七月

令我討厭的人

這本雜誌似乎可以容許我自由發揮，乾脆來寫個其他雜誌不大能接受的題材吧！

我思索自己年老時的模樣。若以谷崎潤一郎和永井荷風這兩種類型做比喻的話，我似乎比較接近後者。在此追加一句，我的意思絕不是以爲自己能和這兩位一樣，成爲大文豪，只是舉出文士老耆的兩種相反類型，歸納自己屬於哪一類而已。不過，我並非連本性都與荷風毫無二致，應該說在精神上我較相近於荷風的類型，但生活樣貌卻接近谷崎的類型，所以我算是二者兼具吧！

眾所皆知，在永井荷風的人生觀中，他始終堅持法國的作風，並且認爲世上除了金錢以外，其它的東西都不可靠。這種想法雖有好處，但他連看病的錢都捨不得花，最後落得無異於路倒的死法[1]，顯見他還是繞不開金錢。至於谷

1 出生東京的荷風，晚年獨居千葉縣的市川，七十九歲時倒在破落的公寓裡，孤寂而卒。

崎潤一郎，則滿不在乎地向出版社預支鉅額稿酬，直到死前都過著豪奢的生活，生了病便請來名醫到家裡診治。

不過，有人認爲：

「谷崎先生很注重金錢，荷風先生則把金錢看成身外之物。」

當然，這番論點儼然是對谷崎先生的誹謗。即便如荷風那樣的作家，在眞實生活中等於抱著存摺殉情的人，其看重的很可能不是金錢。換言之，縱使有人嘲諷谷崎潤一郎追逐金錢，也無法全盤否定他的文學成就。

想必也有人認爲：谷崎潤一郎是商人，永井荷風是武士，這就是二者人生觀的根本差異。其證據是，荷風絕不借錢，答應下來的事絕對依約遵循；但潤一郎的想法是，只要死掉的時候帳目損益兩平就行，將借款金額也納入資產裡面計算。

晚年的潤一郎益發圓滑老練、身段柔軟，任誰都感到訝異；而荷風隨著年紀老邁，疑心病愈來愈重，而且你若與他單獨碰面的時候，其過度謙恭往往使人渾身不自在。從這裡可以看出兩位先生都市作風的共通點，儘管他們呈現的方式有所差異。順便一提，這兩位先生都是孤僻之人，厭惡與人打交道。潤一郎只願意接近會稱讚自己的人，荷風甚至連那樣的人都避而遠之；潤一郎唯獨對喜愛的知名女星溫言好語，荷風也只對默默無聞的脫衣舞孃和藹可親。他們同樣只喜歡和氣味相投的人相處。

由此看來，撰寫小說的時間愈久，似乎愈討厭和人相處。當然，若是厭惡與人打交道，那就絕對當不成實業家。雖說潤一郎的精神傾向商人的類型，可要是讓他掌理一家公司，肯定早早就倒閉。

像志賀直哉先生那樣的純藝術派作家，要是繼續勤於筆耕的話，或許小說的毒性會害他變成比那兩位先生更孤僻難搞。幸虧他中途封筆不寫了，才得以過著那般爽朗愉快的晚年生活。

由我慣常拎著一只髒舊的波士頓包、搭著國營電車出門的模樣，不難看出我很可能成爲永井荷風那種類型的人。不過，我近來雜事纏身，沒機會搭乘國營電車，提包有時也換成小公事包，恐怕沒資格當荷風的追隨者了。

話雖如此，我身上仍有很多特徵與荷風的行爲作風相似。我在金錢花用上還不至於到吝嗇的地步，卻愈來愈不喜歡見到同業作家們。例如，我會盡量避免在文人雅士常去的酒吧或餐館附近走動。我二十幾歲的某些時候，還覺得和文士們應酬交流很有意思，現在卻感到意興闌珊，因爲再沒有比他們更囉唆又愛窺人隱私的族群了。我想，這多半是因爲自己是如此，隨著對自己知之甚詳，便愈來愈無法容忍那些自命爲是的作家。

我從以前就是好惡分明的人，隨著年齡增長，容忍度愈低。人們常說，這就是步入老年的徵候，但我卻不完全認同。我在年輕時自知在社會上沒什麼實力，必須倚靠他人之力方能活下去，在這股盤算與好奇的驅使之下，即便遇上討厭的傢伙，也會交際一番；但隨著自己的社會能力增強起來，以往刻意壓抑的情緒，現在全都赤裸裸地寫在臉上。

要說我最痛恨的是什麼，莫過於在把酒言歡的場面上藉酒裝瘋的人。這種人把一切推給不勝酒力，舉止無禮、口出譏諷，自卑感顯露無遺，又在深層的自卑感和嫉妒的作用下，愈發大言不慚、高談闊論，……畢竟日本人素有對「酒入舌出」寬容以待的惡習，甚至當成了鍛鍊精神的道場，對此，我完全無法接受。酒過三巡之際，我最喜歡的話題是說些別人的壞話，偏偏世上愛嚼舌根的人還眞不少，馬上就把這些批評帶去講給本人聽，所以話出口前還得三思而行。我已經受過好幾次教訓。總而言之，最好不要太靠近杯觥交錯的場合。要是眞想找人喝酒，只能邀其他業種的人小酌一番。

我最討厭那種不懂分寸的人。給他三分顏色，他竟開起染坊來，簡直和一隻深信受寵的小狗一樣，爬上膝頭來，把臉直往你手裡磨蹭，還伸舌猛舔你的面頰。這樣的女人屢見不鮮，可套用在男人身上也不足爲奇。永井荷風在自己的日記中，也曾明白地寫著：他有多麼厭惡這種人。

可能的話，我們很想跟那些能夠推誠相見、幫你守口如瓶的人做朋友；然而，面對這樣的朋友，你必須徹底掌握他所有的把柄，否則自己也可能陷入危機。也就是說，在尚未全盤掌握對方的把柄之前，你若是先和他裸裎相見，說不定會惹來危險和麻煩。有些事情就是這樣，哪怕你已經再三提防，最後仍可能遭到背叛。確切地說，愈是看似肝膽相照的朋友，他的危險性更大。因爲即便你們互抓住對方的小辮子，最終還要看誰的把柄比較有勝算。

我最欣賞那種抓住我的把柄以後，卻比以往更謙卑對待我的人。依我看來，這樣的人必定能夠巧善地處理人生的各種問題。

我希望大家相處時，能夠愈是熟識愈要拿捏分寸，並且爲對方著想。我最痛恨那種交淺言深給你方便卻當隨便的人了。

至於會說客套話的人，我倒不討厭。比起惹人厭的誠實，洗練的客套話向來更能打動我的心房。世上有些人宣稱自己在追求眞正的眞實，但我覺得這種人多半是呆頭木腦之輩。

我尤其厭惡那種好管閒事、假仁假義的人。他們往往仗著彼此熟識，連不該說的話都脫口而出，況且還戴著善意的面具，強行地觸犯了我的禁忌。對於這些過度熱情的人，我向來盡可能避而遠之。因爲我對他們五花八門的忠告，從來沒有嚴肅地看待過。

我認爲最理想的相處模式是，不論在任何情況下，都不許傷及對方的自尊——並以此爲最高的道德標準。但也可以這樣解釋，這種人若貴爲一國之主，肯定是個不聽忠臣諫言的昏君。在我看來，你愈不想傷害對方，正是因爲你也害怕心靈受創（即便表面上看不出來），依據我的經驗，社會上多的是剛愎自用的人，若被那種人看上眼，才眞叫麻煩上身呢。

……我列舉出這麼多苛刻的交友條件，只怕今後再也沒有人敢與我往來，可人世間眞是無奇不有，我身邊還算有幾位好友，所以我不至於太寂寞。永井荷風曾在日記裡提及，他有一位朋友，有段時間他們形同莫逆，但過了一年後，他卻又將對方描述成蛇蠍心腸的惡人。其實，這並不表示荷風就是個性格善變之人，而是人類本非永恆不變的個體，反倒更像是遇境而變的流動體。不管你喜歡或者討厭對方，這些情感都將隨著時間緩緩流逝。

總而言之，公開宣稱討厭某人，是相當傲慢的行爲。雖然這在男女的相處中經常發生，也是必然的現象，但若在社會上的人際關係裡，它通常關係到各種利害得失，所以你不得不壓抑住個人的好惡感受。

話說回來，老是嚷嚷著這人也礙眼、那人也惹厭，若被反問你自己又好到哪去？恐怕你只能無言以對吧。唯一可以確定的是，你討厭的人愈多，別人必定也對你嗤之以鼻。儘管你根本摸不著頭緒，心想：像我這麼好的人，爲什麼大家對我避之唯恐不及呢？我只能說，哎，人心就是如此難以捉摸啊！根據報導，有個住在紐約某城鎮的男子，附近住戶都非常厭惡他，每當他走出公寓的時候，附近的老婆婆們全都讓出一條路來，手劃十字目送他離開。試想，一個人被討厭到這種地步，不啻爲某一種痛快。於此，我不禁也想利用後半生，專研如何才能練就被千夫所指的功夫。

《談話特輯》一九六六年七月

男人的美學

日本人向來喜歡豪奢的作風。至少，從金閣寺的建築和能樂的衣裝，即可看出室町時代之前的日本人，有多麼喜歡繽紛的色彩與輝煌的金燦。直到講究起茶道的理想境地閑寂啦恬靜啦什麼的，這才開始走下坡。在悠久的鎖國歷史中，透著寂然冷色的品味被認爲是高雅的，唯有上至親王、將軍、大臣、下至少數民眾，還保有俗麗的品味。邁入明治時代之後，鄉下人的文化更把日本人的品味逼上了窮途末路。

自從明治開國以後，縱使各國的時尚陸續引進，唯獨雅致的英國風格受到上流人士的歡迎，連帶使得眾人群起效尤。

我生性喜歡活潑的地中海文化，酷愛拉丁風格的色彩，更對中南美洲（拉丁美洲）的殖民地式建築十分傾心，立志要將那股熱帶的色彩之美和憂鬱移植到日本來，在這裡蓋一間西班牙殖民地風格的房屋，並在屋裡擺飾法國和西班牙的骨董。這幅圖景的最後一筆——一片西班牙的貝殼鑲嵌扇形飾匾，正是最先買下的第一件家飾品，很值得紀念。

屋裡的家具都是由妻子和我走遍了馬德里的骨董店買到的，找到後來連腿腳都不聽使喚。我們當時非常喜歡西班牙巴洛克式那種具有豪放之美的裝飾風格。

至於衣著方面，我從不跟隨流行。一旦在信賴的裁縫師那裡選定了「我的款式」之後就不再改變，各部位的尺寸照舊如前，因此訂製新衣時只要挑選布料，其餘的就好辦了。

我的西裝不算多，倒是擁有很多領帶和袖扣，而且每一件都是親自到各地蒐集而來的，很是鍾愛。

每到羅馬和紐約這兩個城市，我一定會特別去逛西服配件店。義大利的領帶做工精細，我尤其喜歡光顧GUCCI的店。在紐約，則可找到講究的雞尾酒會領帶，也能覓得饒富趣味的珠寶配飾。不過，萬一設計被盜用了可要傷腦筋，在此不公開店家的名稱。

我那件天空藍的牛仔褲，是花了很大工夫才在格林威治村的店鋪買到的。從外表看來，它跟普通牛仔褲沒有兩樣，但其布料的伸縮性很強，穿著時極爲貼身，卻沒有任何緊繃感。

我生性喜歡熱帶，討厭北方地區那種單調的時尚風格。我眞希望每天都可以赤身裸體過日子，卻無法如願，只能羨慕擺在家裡庭院中央那座從義大利運回來的阿波羅大理石像；這座石像不分春夏秋冬，一貫袒露著裸體的英姿。

儘管我很講究美學生活，若是像那種十九世紀頹廢派藝術家因爲各種壓抑而憂鬱致病的美學生活，我可是敬謝不敏。

自從開始學習劍道以後，心境上也起了變化，近來不僅喜歡日本刀，也想嘗試穿上染有家徽的外褂和褲裙。在我看來，再沒有比劍道服更適合日本男兒的服裝了，它可襯出男子氣概，更顯得英姿颯爽。不過，若是在純西洋風格的房間裡，像吉田茂[1]先生那樣穿著高級的和服、抽著上等的雪茄，也是很好的

1 吉田茂（1878-1967）日本政治家，曾任日本外務大臣與總理。現任日本首相安倍晉三的外祖父。

選擇。或許，我年老後就能跟他同樣瀟灑呢。

從男人的雅嗜來看，飲食很重要，我尤其喜歡抽雪茄，看到上好的雪茄總是眼睛一亮。最上等的雪茄莫過於哈瓦那的，無奈異常難買，即便輾轉到手也捨不得抽，趕緊藏進保險櫃裡。我最愛的牌子要算是「羅密歐與茱麗葉」（Romeo y Julieta）了，那股絕妙的香氣只有天香一詞可以形容。

「生於美，死於美」是古希臘人的願望。於此，我們姑且不提前者的美學建構，我們最想知道的是如何方能做到絕美而死呢？

《HEIBONパンチDELUXE》一九六八年三月

雪

二月中旬的星期日下了一場雪，令我欣喜不已，因爲那天是我去練習劍道的日子。從古至今，日本人向來覺得在櫻花飄落的時節練劍道，格外具有雅趣，可我不喜歡春天時節的倦懶氛圍。劍道還是在雪中練才好，或是在蟬鳴喧囂的夏日豔陽下也很適合。

我到了道場一看，只見籠罩在白雪暮色中的道場已亮著燈火。我換上深藍色道服的時候，只覺得寒氣逼人。那是從木地板間隙竄上來的寒氣。

戴上頭盔以後，白色的煙氣從每個學員頭盔前方金屬護網的網目間汩汩噴湧。大家都趕緊尋找能夠盡情對打的練習伙伴，好讓身子快些變暖。在這樣四處兜轉的時候，白色的煙氣依舊從彼此的頭盔護網裡冒了出來，宛如冬天裡從溫泉小鎮路旁的溝渠冒出來似的。稍過片刻之後，我的身體開始暖熱起來，可腳底仍像寒冬搗打的年糕既白又凍。隨著我的身體逐漸暖和，我踏出每個步伐，便覺得像穿著高齒木屐似的，腳底那股冰冷的異物感愈發明顯。尤其，竹刀沒擊中護腕而打到胳膊時的疼痛，簡直像被冰霜凍傷似的。我爲了抵禦寒意，練習時的喝聲也比平時更加宏亮，於是，臉部慢慢地開始發燙。當竹刀擊中對手的護胸發出清脆聲響時，所有的艱辛皆可拋之腦後。到這時候，我的腳底終於暖和了起來。

練習結束，大家脫下頭盔，端身正座進入冥思後，可以感覺老舊的道場周圍積雪沉重的靜謐，正朝我的身軀近逼而來。我抬起滲著汗水的眼睛望向神龕，上面的供燈閃爍搖曳著。

——我在下雪的日子裡，細細品嘗了劍道的況味，爲此非常滿足。

於此同時，我回憶起去年一個大雪紛飛的日子。

去年下大雪的日子，比今年早了一天，恰巧是二月十五日。

我和攝影家篠山紀信先生約好了那天深夜在六本木碰面，他要給我看上回拍攝的照片。那些照片要放在橫尾忠則[1]先生的書裡（其實這本書迄今仍未出版），他們答應可以讓我挑選。換句話說，那天晚上讓我找到了得以在六本木逍遙啜飲的理由。

其實，那並不是一場非去不可的約會。我可以拿下大雪當藉口，將約會往後順延。但是我沒有那麼做。因爲外面大雪紛揚。

那一晚，我照例先到水道橋的健身房運動，在有些泛紅的胸肌外裹上一件皮外套，慢悠悠地晃向神田神保町。

我的鞋底把積雪踩得嘎吱作響，自己開心極了。

毗鄰而立的古書店幾乎都打烊了，路上來往的車輛比往常冷清許多。因爲輪胎上沒有加掛雪鍊的車子，在這晚的大雪中根本動彈不得。這種時候，雪鍊的價錢立刻飆漲，多數沒有準備雪鍊的營業用車只好休息。

我很喜歡整個城鎮寂靜無聲、屏氣斂息的模樣，好似白雪禁錮了所有人的

1 橫尾忠則（1936-），日本普普藝術領導者之一，同時活躍於設計、文學、廣告、劇場、音樂、舞蹈、電影等領域。

心靈。一切繽紛絢爛盡皆消失，彷彿回到了全家人聚在一盞燈下的昔日時光。

我看見只有熟識的山口書店還開著，推開了被雪軋得發出聲響的玻璃門，走了進去。老闆邀我到有暖桌的小房間坐下，並且出示了好些我在二戰期間寫的短篇，連我自己都不記得寫過這些作品了。在冷雪籠罩的舊書街屋裡，我們圍著暖桌而坐——這種感覺宛如待在舊時的方型紙罩燈之中。

赴約的時間已至，我站起身來。可是老闆娘知道這時候不容易招到計程車，要我待在這裡等等，她去幫我攔車，說完便逕自起身出去，過了許久仍不見她回來。讓一個婦人站在大雪中，我實在於心不忍，好幾次想站起身來，卻都被老闆擋了下來。

「總算攔到一輛了！」

老闆娘收了傘走進來，催著我出門，乍見她的大衣肩上披著白雪（那兩團雪花看起來眞像白文鳥歇在肩頭上）。

我發現，停在門前的不是計程車，而是由陌生人駕駛的車子。他說，要去的地方和六本木方向相同，可以載我一程。

我再三道謝，坐上了副駕駛座。我在夏威夷搭過好幾次便車，可在東京倒是頭一遭，承蒙這陌生人的好意，順道送我去別的地方。

在深夜，雪花紛飛的馬路上看來格外寬敞，路面只留下幾道髒黑的交叉線條延伸而去，幾乎沒遇上其他車子。

這個大都市所有的喧囂和運轉倏然停下來了，看去宛如成了另一個世界。偶爾遠處閃過流洩的燈光，更增添原野的風情。

「電車也停駛了。整個東京都停擺了呢！」我開口說道。

「這只不過是小雪呢……」那位看似三十五、六歲、戴著眼鏡的駕駛人，以篤實聲音回答。

「眞令人不敢相信！我以前在北海道的自衛隊待過，要是讓北海道人瞧見這副德行，他們可要笑掉大牙呢！」

——我到了六本木的K，爬上三樓，只見篠山先生已經等著我了。其實他大可爽約不來。但是他沒有那麼做，因爲外面正下著大雪。

《朝日新聞》PR版 一九六九年三月

陀螺

眾所周知，以寫作爲生的人，經常會受到陌生訪客的上門侵擾。他們來商量的事情，大多平淡無奇。有時訪客自認爲是很嚴重的問題，可依我聽來，他們更像是來炫耀自己的聲望和名氣。不過，我現在要講的故事還算有點意思，希望各位耐心把它讀完。

一個春日的午後，家裡的女佣來稟告，有個高中男學生已經在圍牆外站了三個多小時。偶爾就是會有這種瘋狂的怪客出現。我告訴她，對方必定是那種腦筋不大正常的人，但凡沒帶介紹函來訪的人，我統統不予接見。可佣人似乎已經可憐起那個少年，幫著他求情，說他絕不是那種怪人，身穿制服的他看來品行端正又健康，應該是個有禮貌又懂事理的少年，不妨跟他見個面。我正好準備出門，便讓佣人帶他坐在玄關的椅子上等候，告訴他我在出門前只能跟他談五分鐘。佣人很高興地去轉達了。

準備妥當以後，我走向玄關，看到那個少年已經端正地坐在椅子上，向我行了個禮。

「只能談五分鐘。」我又強調了一次。

接著，我在他對面落座，問了他是從哪裡來的。少年回答是S市。

他說明天就要回S市了，無論如何都想趁今天拜見大師一面。

我反問他，有沒有想過很多人都想和我見面，如果我逐個會面的話，豈不要占去我所有的時間啦？他聽完，再次向我致歉。看他的態度和舉止，沒有任何可疑之處。他剃個光頭，一雙眼睛大而有神，臉頰泛著紅潤，身上那套黑色學生服，連最上面領子處的鉤扣都拘謹地扣上了。

我向來習慣按照初次印象來判別面前的少年對文學和政治的傾向。例如，熱愛文學的少年，多半散發著自卑和畏怯的神情，我一眼即能看出端倪來。我推想這個少年應該是後者，爲求證實我向他問道：

「你來這裡是想談文學嗎？」

「不是的。」少年斬釘截鐵地回答道。

「那你想談什麼？」

「我之前曾寫信給您。」

「是嗎？我沒有印象。或許我讀過你的信，但寫信的慕名者實在太多了。你有沒有帶著那封信的副本？」

「沒有，我放在家裡了。」

「那就不知道是哪封信了。」

少年沒有碰送過來的茶水，不發一語。

我看了一眼手錶，有些性急地催了他：

「我快沒時間了。這樣好了，如果你有問題想問我，就挑一個最想問的吧。不管問什麼，我都願意回答。」

少年依舊悶不吭聲。

「你沒有任何想問的嗎？」

我有些不知所措，又看了一次手錶。

「有。」他答道。

「那就挑你最想知道的問吧！」

少年陷入靜默。只見他的眼角略微瞇起，下一秒便抬頭直視著我。

「我最想知道的是……大師您什麼時候會死？」

這個問題問得可是尖銳啊！

面對這冒犯的提問，我當然是滑稽似地含糊帶過。少年對此回答當然不會滿意，但他聽完之後，神情頓時放鬆下來，接著變得侃侃而談，說了很多和他年齡相符的閒事。譬如，他父親對孩子很寬容啦，但母親對孩子的學業表現格外嚴苛啦，還有學校很多女同學都批評我的小說啦，以及東京的人太多了令他感到煩悶等等。……我看時間差不多了，便讓他回去，自己也趕往約好的地點。那天是個春陽和煦的日子，就這樣平淡地過去了。

可是，少年的提問如一支利箭般扎在我的胸膛上，終於使我的傷口化膿了。

我猜想，那個少年的本意或許只是想捉弄大人，才做出這樣的突襲之舉。

從他後續悠哉的談話來看，他最先提出的問題應該沒有其他的惡意。當然，時下的少年也有可能刻意設計出這樣的問話，用來批判經常出現在我的作品和平時言談中的「死亡」一詞，故意讓我的心頭揪緊；又或者他只是基於好奇，隨口問問而已。無論如何，這個提問都不值得我擱在心上，尤其我在雜事纏身的繁忙中，更應該把它拋諸腦後。

然而，依我過來人的經驗，或多或少總是知道少年時期的心路歷程。

我覺得，少年就像一只陀螺。剛開始轉動的時候，很不容易穩住重心，就這麼歪著陀身，不曉得要滾向何方去。畢竟，它只能靠一根軸尖站立，否則自身隨時都要晃跌而倒。但它和成年人不同的是，總之先轉了再說。隨著轉動，就能逐漸站立起來。沒有旋轉的陀螺，等同於死掉的陀螺。換言之，陀螺若不想窩囊地躺在地上，就得堅強地轉立起來！

假如順利的話，陀螺就能平穩直立旋轉。再沒有比陀螺平穩轉動時，更能展現出那種分毫不差的精準了。儘管轉立之後又會失去慣性而歪倒下來，最後停止轉動，但在平穩旋轉時的陀螺，具有一種詭異的能力。那是一種幾近全能的力量，將自己的身影徹底隱藏起來，不讓人瞧見。這時候的它已不再是只陀螺，而變成了某種透明的凶器。但是陀螺自己絲毫沒有察覺，還輕快地哼著歌呢。

我的少年時期，或許也曾出現過那樣的瞬間，但是沒有駐留在記憶裡。只有大人才能夠將它留在記憶中，並見證那個瞬間。

抽象地說，假如陀螺沒有察覺到自己身影的消失，那麼它也就不會察覺到，在那一瞬間有某種東西和自己交替了位置。

那少年在提出這個問題的時候，確實是站在我的眼前，但少年的陀螺應該正平穩地旋轉著，所以可以確定他並不在場。或許，在下一個瞬間，那少年早已經忘卻剛才那個問題了。

《邊境》一九七〇年九月

國家圖書館出版品預行編目資料

我青春漫遊的時代：三島由紀夫青春記事短篇集 / 三島由紀夫著 ; 邱振瑞譯 .
二版 . -- 新北市 : 大牌出版 : 遠足文化發行 , 2017.11 面 ; 公分
ISBN 978-986-95471-0-9（平裝）

861.57 106016506

我青春漫遊的時代
三島由紀夫青春記事短篇集

作者——三島由紀夫
譯者——邱振瑞
副總編輯—李映慧
編輯——林玟萱

總編輯——陳旭華
電郵——ymal@ms14.hinet.net

社長——郭重興
發行人兼
出版總監—曾大福
出版——大牌出版／遠足文化事業股份有限公司
發行——遠足文化事業股份有限公司
地址——23141 新北市新店區民權路108-2號9樓
電話——+886- 2- 2218 1417
傳眞——+886- 2- 8667 1851

印務經理—黃禮賢
封面設計—許晉維
封面插畫—葉懿瑩
排版——藍天圖物宣字社
印製——成陽股份有限公司
法律顧問—華洋法律事務所 蘇文生律師

定價——320元
初版一刷—2013年10月
二版一刷—2017年11月